AS MULHERES DEVEM CHORAR... OU SE UNIR CONTRA A GUERRA

PATRIARCADO E MILITARISMO

VIRGINIA WOOLF

AS MULHERES DEVEM CHORAR... OU SE UNIR CONTRA A GUERRA

PATRIARCADO E MILITARISMO

2ª reimpressão

ORGANIZAÇÃO, TRADUÇÃO E NOTAS
TOMAZ TADEU

POSFÁCIO
GUACIRA LOPES LOURO

éFe_   autêntica

Copyright © 2019 Tomaz Tadeu

Todos os direitos reservados pela Autêntica Editora Ltda. Nenhuma parte desta publicação poderá ser reproduzida, seja por meios mecânicos, eletrônicos, seja via cópia xerográfica, sem a autorização prévia da Editora.

EDITORA RESPONSÁVEL
Rejane Dias

COORDENADORAS DA COLEÇÃO
Cecília Martins
Guacira Lopes Louro
Rafaela Lamas

REVISÃO
Cecília Martins
Lúcia Leão

CAPA E PROJETO GRÁFICO
Diogo Droschi

DIAGRAMAÇÃO
Waldênia Alvarenga

Dados Internacionais de Catalogação na Publicação (CIP)
(Câmara Brasileira do Livro, SP, Brasil)

Woolf, Virginia, 1882-1941.
　　As mulheres devem chorar... Ou se unir contra a guerra : patriarcado e militarismo / Virginia Woolf ; tradução, organização e notas Tomaz Tadeu, posfácio Guacira Lopes Louro. – 1. ed.; 2. reimp. – Belo Horizonte : Autêntica, 2021. – (éFe; 1)

　　ISBN 978-85-513-0489-1

　　1. Ensaios ingleses 2. Feminismo I. Tadeu, Tomaz. II. Louro, Guacira Lopes. III. Título. IV. Série.

19-23836　　　　　　　　　　　　　　　　　　　　　　　CDD-824

Índices para catálogo sistemático:
1. Ensaios : Literatura inglesa 824

Maria Alice Ferreira - Bibliotecária - CRB-8/7964

Belo Horizonte
Rua Carlos Turner, 420
Silveira . 31140-520
Belo Horizonte . MG
Tel.: (55 31) 3465 4500

São Paulo
Av. Paulista, 2.073, Conjunto Nacional, Horsa I
Sala 309 . Cerqueira César 01311-940
São Paulo . SP
Tel.: (55 11) 3034 4468

www.grupoautentica.com.br
SAC: atendimentoleitor@grupoautentica.com.br

I PRÉ-TEXTOS
    9 Uma sociedade
  29 Profissões para mulheres
  39 O poder criativo das mulheres
  47 Carta introdutória a Margaret Llewelyn Davies

II TEXTO
  71 As mulheres devem chorar... Ou se unir contra a guerra

III PÓS-TEXTOS
  123 Pensamentos sobre a paz durante um ataque aéreo
  131 A vida da felicidade natural

POSFÁCIO | Guacira Lopes Louro
  137 Patriarcado e militarismo: pensamentos de paz em tempos de guerra

I PRÉ-TEXTOS

UMA SOCIEDADE

EIS AQUI COMO tudo aconteceu. Um dia, seis ou sete de nós estávamos sentadas depois do chá. Algumas contemplavam as vitrines de uma chapelaria do outro lado da rua onde a luz ainda refulgia fulgurante sobre plumas escarlates e sapatilhas douradas. Outras estavam entretidas em construir pequenas torres de torrões de açúcar na borda da bandeja de chá. Depois de certo tempo, pelo que me lembro, nos reunimos em volta do fogo e começamos, como de costume, a elogiar os homens – quão fortes, quão nobres, quão brilhantes, quão corajosos, quão bonitos eles eram – como invejávamos aquelas que, de um jeito ou de outro, conseguiam se ligar a um deles para o resto da vida – quando Poll,[1] que não havia dito nada, desfez-se em lágrimas. Poll, devo dizer-lhes, sempre foi estranha. Para começo de conversa, seu pai era um homem estranho. Deixara-lhe uma fortuna em seu testamento, mas com a condição de que ela lesse todos os livros da Biblioteca de Londres.[2] Nós a consolamos da melhor maneira que podíamos; mas sabíamos, no fundo, o quanto isso era vão. Pois embora gostemos dela, Poll não é nenhuma grande beleza; deixa os sapatos desamarrados; e devia estar pensando, enquanto elogiávamos os homens, que nenhum deles jamais iria querer se casar com ela. Por fim, ela enxugou as lágrimas. Por algum tempo, não conseguimos fazer sentido de nada do que ela dizia. Era muito estranho, em sã consciência, era muito estranho. Ela nos disse, como sabíamos, que passava a maior parte do tempo lendo na Biblioteca de Londres. Tinha começado, disse, com a literatura inglesa no último andar; e estava agora determinadamente descendo em direção ao *The Times* no andar de baixo. E agora, tendo percorrido a metade ou talvez um quarto do caminho, uma coisa terrível tinha acontecido. Ela não conseguia mais ler. Os livros não eram o que nós pensávamos que eles fossem. "Os livros", bradou, pondo-se de pé e falando com uma desolação tão grande que nunca irei esquecer, "são, em sua maior parte, indescritivelmente ruins!"

Naturalmente replicamos que Shakespeare escreveu livros, e Milton e Shelley.

"Oh, sim", ela nos interrompeu. "Dá para ver que vocês foram bem instruídas. Mas vocês não são sócias da Biblioteca de Londres." Neste ponto, seus soluços irromperam mais uma vez. Finalmente, recobrando-se um pouco, abriu um dos livros da pilha que ela sempre carregava com ela – *De uma janela* ou *Num jardim*, ou algum título parecido, era escrito por um homem chamado Benton ou Henson, ou algo assim. Ela leu as primeiras páginas. Ouvimos em silêncio. "Mas isso não é um livro", alguém disse. Então, ela escolheu outro. Desta vez era uma história, mas esqueci o nome do autor. Nossa agitação aumentava à medida que ela avançava. Nenhuma palavra dele parecia ser verdadeira, e o estilo em que estava escrito era execrável.

"Poesia! Poesia!", bradamos, impacientes. "Leia-nos algum poema!" Não posso descrever a desolação que tomou conta de nós quando ela abriu um pequeno volume e despejou a tolice prolixa e sentimentalista que ele continha.

"Deve ter sido escrito por uma mulher", observou uma de nós. Mas não. Ela nos disse que era escrito por um homem jovem, um dos poetas mais famosos da atualidade. Deixo a cargo de vocês imaginar o choque que foi a descoberta. Embora nós todas gritássemos e lhe pedíssemos que não lesse mais nada, ela insistiu e nos leu trechos de *As vidas dos Lordes Chancellors*.[3] Quando ela terminou, Jane, a mais velha e sábia de nós, levantou-se e disse que ela, por exemplo, não estava convencida.

"De que adiantou, então", perguntou, "nossas mães desperdiçarem sua juventude trazendo-os ao mundo, se os homens escrevem bobagens como essa?"

Ficamos todas em silêncio; e, no silêncio, podia-se ouvir a pobre Poll soluçando: "Por que, por que meu pai me ensinou a ler?".

Clorinda foi a primeira a recobrar o juízo. "É tudo culpa nossa", disse ela. "Todas nós sabemos ler. Mas nenhuma, a não ser Poll, jamais se deu ao trabalho de ler. Eu mesma, por exemplo, sempre achei que o dever de uma mulher era passar sua juventude tendo filhos. Venerava minha mãe por ter tido dez; minha avó mais ainda por ter tido quinze; era minha ambição, devo confessar, ter vinte. Passamos todas essas eras supondo que os homens fossem todos igualmente industriosos e que suas obras tivessem, todas, o mesmo mérito. Enquanto trazíamos crianças ao mundo, eles, supúnhamos, traziam ao mundo os livros e as pinturas. Nós povoávamos o mundo. Eles o civilizavam. Mas agora que sabemos ler, o que nos impede de julgar os resultados? Antes de trazermos outra criança ao mundo, devemos jurar que iremos procurar saber que mundo é esse."

Reunimo-nos, assim, numa sociedade para fazer perguntas. Uma de nós iria visitar um navio de guerra; outra, esconder-se no gabinete de um erudito; outra, participar de uma reunião de homens de negócio; e nós todas iríamos ler livros, contemplar pinturas, frequentar concertos, manter nossos olhos bem abertos nas ruas e fazer perguntas sem parar. Éramos muito jovens. Podem ter uma ideia de nossa ingenuidade se lhes disser que, antes de nos separarmos naquela noite, nós nos pusemos de acordo quanto à ideia de que os objetivos da vida eram produzir boas pessoas e bons livros. Nossas perguntas deviam se encaminhar no sentido de descobrir em que medida esses objetivos tinham sido, até agora, atingidos pelos homens. Juramos, solenemente, que não teríamos nenhum filho até que estivéssemos satisfeitas.

Pusemo-nos, pois, a caminho, algumas, do Museu Britânico; outras, da Marinha Real; outras, de Oxford; outras ainda, de Cambridge; visitamos a Academia Real e a Tate; ouvimos música moderna em salas de concerto, fomos aos tribunais e vimos novas peças de teatro.

Ninguém saía para jantar fora sem fazer ao seu acompanhante certas perguntas e cuidadosamente anotar suas respostas. De tempos em tempos, nos reuníamos e comparávamos nossas observações. Oh, como eram divertidas essas reuniões! Nunca ri tanto como quando Rose leu suas anotações sobre a questão da "Honra" e descreveu como ela tinha se disfarçado de príncipe etíope e embarcado num dos navios de sua Majestade.[4] Ao se dar conta da peça que lhe tinha sido pregada, o capitão foi visitá-la (agora disfarçado de civil) e exigiu que a honra fosse reparada. "Mas como?", perguntou ela. "Como?", vociferou ele. "Com a chibata, é claro!" Vendo que ele estava fora de si de tanta raiva e imaginando que sua hora tinha chegado, ela se inclinou e levou, para seu espanto, seis batidinhas no traseiro. "A honra da Marinha britânica foi desagravada!", bradou e, endireitando-se, ela o viu, com o suor escorrendo-lhe pelo rosto, estendendo-lhe uma tremulante mão direita. "Afaste-se!", exclamou ela, num gesto teatral e imitando a ferocidade da expressão dele: "Minha honra ainda precisa ser desagravada!". "Falou como um cavalheiro!", retrucou ele, e mergulhou em profunda meditação. "Se seis chibatadas desagravam a honra da Marinha Real", ponderou, "quantas desagravariam a honra de um civil?" Ele declarou que preferia submeter o caso a seus colegas de arma. Ela replicou altivamente que não podia esperar. Ele enalteceu sua sensibilidade. "Deixe-me ver", ele exclamou subitamente, "teria seu pai uma carruagem?" "Não", disse ela. "Ou um cavalo de sela?" "Tínhamos um burro", lembrou-se ela, "que puxava a ceifadeira." Diante disso, seu rosto se iluminou. "O nome de minha mãe...", acrescentou ela. "Pelo amor de Deus, minha senhora, não mencione o nome de sua mãe!",[5] gritou ele, tremendo como vara verde e enrubescendo até a raiz dos cabelos, e se passaram ao menos dez minutos até ela conseguir convencê-lo a continuar. Por fim, ele decretou que se ela lhe desse quatro golpes e meio na parte de baixo das costas, num ponto indicado por ele (o meio era concedido, disse, em reconhecimento ao fato de que o tio de sua bisavó tinha sido morto em Trafalgar), ele era de opinião que a honra dela ficaria novinha em folha. Assim foi feito; eles se retiraram para um restaurante; beberam duas garrafas de vinho que ele insistiu em pagar; e se despediram com protestos de eterna amizade.

Depois tivemos o relato da visita de Fanny aos tribunais. Na primeira visita, ela chegara à conclusão de que os juízes ou eram feitos de madeira ou eram personificados por grandes animais com aparência de homens que tinham sido treinados para se movimentar com extrema dignidade, murmurar e balançar a cabeça. Para testar sua teoria ela abriu um lenço cheio de varejeiras no momento crítico de um julgamento, mas foi incapaz de julgar se as criaturas deram sinais de humanidade, pois o zumbido das moscas provocou um sono tão pesado que ela só acordou a tempo de ver os prisioneiros sendo conduzidos às celas no andar de baixo. Mas, levando em conta a evidência que ela trouxe, decidimos que era injusto supor que os juízes são homens.

Helen foi à Academia Real, mas quando foi solicitada a apresentar seu relatório sobre as pinturas, começou a recitar o que estava escrito num livro azul-claro: "Oh! pelo toque de uma mão desvanecida e pelo som de uma voz que se calou. De volta está o caçador, de volta dos montes. E deu às rédeas uma sacudida. O amor é doce, o amor é breve. A primavera, a bela primavera, é do ano a mais deliciosa rainha. Oh! estar na Inglaterra agora que é abril acolá. Os homens devem trabalhar e as mulheres devem chorar. O caminho do dever é o caminho para a glória...".[6] Não suportávamos ouvir mais nada dessa algaravia.

"Não queremos mais poesia!", gritamos.

"Filhas da Inglaterra!",[7] começou ela, mas neste ponto nós a puxamos e, na confusão, a água de uma jarra acabou derramando em cima dela.

"Graças a Deus!", exclamou, sacudindo-se como um cão. "Agora vou rolar no tapete para ver se consigo me livrar do que ainda resta da bandeira do Reino Unido. Depois, talvez...", neste ponto, ela rolou vigorosamente. Levantando-se, ela começava a nos explicar como é que são as pinturas modernas quando Castalia a interrompeu.

"Qual é o tamanho médio de um quadro?", perguntou ela. "Talvez algo como sessenta por oitenta centímetros", respondeu a outra. Castalia tomava notas enquanto Helen falava, e quando ela terminou, e estávamos tentando não trocar olhares, Castalia se levantou e disse: "Conforme o desejo de vocês, passei a última semana em Oxbridge,[8] disfarçada de faxineira. Tive, assim, acesso aos aposentos de vários professores e agora vou tentar dar a vocês alguma ideia... só que", ela fez uma pausa, "não consigo pensar em como fazer isso. É tudo tão estranho. Esses professores", continuou ela, "moram em grandes edifícios construídos no meio de gramados, sozinhos numa espécie de cela. Mas têm todo conforto e comodidade. Basta apertar um botão ou acender uma pequena lâmpada. Seus documentos estão maravilhosamente arquivados. Livros abundam. Não há crianças nem animais, a não ser por uma meia dúzia de gatos de rua e um pisco-chilreiro – um macho. Lembro", ela fez uma pausa, "de uma tia que morava em Dulwich e cultivava cactos. Chegava-se à estufa pela dupla sala de visitas, e ali, em cima dos canos de aquecimento, viam-se dúzias dessas plantas feias, atarracadas, espinhentas, cada uma no seu vaso. Uma vez a cada cem anos o aloé florescia, era o que afirmava minha tia. Mas ela morreu antes que isso acontecesse...". Dissemos a ela para se ater ao assunto em questão. "Bem", recomeçou ela, "quando o professor Hobkin estava fora, examinei a obra de sua vida, uma edição de Safo. É um livro de aparência estranha, com quinze ou dezessete centímetros de grossura, nem tudo de autoria de Safo. Ah, não. A maior parte é uma defesa da castidade de Safo, que alguns alemães tinham negado, e posso assegurar a vocês que me surpreenderam a paixão com que esses dois senhores argumentaram, a sabedoria que demonstraram, a prodigiosa engenhosidade com que contestaram a utilização de certo implemento que, para mim, parecia nada mais nada menos que um grampo de cabelo; especialmente quando a porta se abriu e o professor Hobkin em pessoa apareceu. Um senhor de idade, muito simpático, amável, mas que podia ele saber sobre castidade?" Nós a interpretamos mal.

"Não, não", protestou ela, "ele é a honra em pessoa, tenho certeza disso – não se parece nem um pouco com o capitão naval de Rose. Eu estava pensando mais nos cactos de minha tia. O que poderiam *eles* saber sobre a castidade?"

De novo, dissemos a ela para não fugir do assunto: será que os professores de Oxbridge ajudavam a produzir boas pessoas e a produzir bons livros, que são os objetivos da vida?

"Essa não!", exclamou ela. "Nunca me ocorreu fazer essa pergunta. Nunca sequer me ocorreu que eles fossem capazes de produzir alguma coisa."

"Acho", disse Sue, "que você cometeu algum engano. Provavelmente o professor Hobkin era ginecologista. Um erudito é uma espécie bem diferente de homem. Um erudito transpira humor e inventividade – talvez viciado em vinho, mas que importância tem isso? – é uma companhia agradável, generosa, sutil, imaginativa, como é de esperar. Pois ele passa a vida junto aos melhores seres humanos que jamais existiram."

"Hum", disse Castalia. "Talvez fosse melhor eu voltar lá e fazer uma nova tentativa."

Uns três meses mais tarde aconteceu de eu estar sentada sozinha quando Castalia entrou. Não sei o que havia em sua aparência que me tocou tanto; mas não consegui me conter e, precipitando-me pela sala, apertei-a nos braços. Ela não só estava muito bonita; ela também aparentava estar num ótimo estado de espírito. "Como você parece feliz!", exclamei, enquanto ela se sentava.

"Estive em Oxbridge", disse ela.

"Fazendo perguntas?"

"Respondendo-as", replicou.

"Será que você não quebrou nosso juramento?", disse eu, ansiosamente, notando algo em seu físico.

"Ah, o juramento", disse ela, despreocupada. "Vou ter um bebê, se é isso que você quer dizer. Você não pode imaginar", exultou ela, "como é emocionante, como é maravilhoso, como é gratificante..."

"O quê?", perguntei.

"Ficar... ficar... respondendo perguntas", replicou ela, um tanto confusa. Em seguida, me contou toda a sua história. Mas no meio do relato, que me interessava e me emocionava mais do que qualquer outra coisa que já ouvira, ela deu o mais estranho dos gritos, um misto de excitação e apelo...

15

"Castidade! Castidade! Onde está a minha castidade!", gritou. "Socorro, rápido! O frasco de perfume!"

Não havia nada na sala a não ser uma galheta com mostarda, que eu estava prestes a lhe administrar quando ela recobrou a calma.

"Você deveria ter pensado nisso três meses atrás", disse eu, com severidade.

"É verdade", replicou ela. "Não adianta muito pensar nisso agora. A propósito, foi infeliz da parte de minha mãe ter me dado o nome de Castalia."

"Oh, Castalia, sua mãe...", começava eu quando ela tentou pegar o pote de mostarda.

"Não, não, não", disse ela, balançando a cabeça. "Se você mesma tivesse sido uma mulher casta você teria gritado ao me ver – em vez disso você atravessou correndo a sala e me tomou em seus braços. Não, Cassandra. Nenhuma de nós duas é casta." Continuamos, pois, a conversar.

Enquanto isso, a sala estava ficando cheia, pois era o dia marcado para discutir o resultado de nossas observações. Achava que todo mundo se sentia do mesmo jeito que eu a respeito de Castalia. Elas a beijaram e disseram o quanto estavam felizes de tornarem a vê-la. Por fim, quando estávamos todas reunidas, Jane se levantou e disse que estava na hora de começar. Ela começou dizendo que tínhamos agora feito perguntas durante cinco anos e que, embora os resultados estivessem destinados a serem inconclusivos – neste ponto, Castalia me deu uma cutucada e sussurrou que ela não estava certa quanto a isso. Então ela se levantou e, interrompendo Jane no meio de uma frase, disse:

"Antes que você diga mais alguma coisa, gostaria de saber... devo permanecer na sala? Porque", acrescentou, "tenho que confessar que sou uma mulher impura."

Todas olharam, perplexas, para ela:

"Você vai ter um bebê?", perguntou Jane.

Ela assentiu com a cabeça.

Foi extraordinário ver as diferentes expressões em seus rostos. Uma espécie de murmúrio, em que pude detectar as palavras "impura" e "bebê", "Castalia", e assim por diante, percorreu a sala. Jane, que também estava consideravelmente comovida, perguntou:

"Ela deve sair? Ela é impura?"

Um clamor como o que poderia ser ouvido na rua lá fora encheu a sala.

"Não! Não! Não! Ela fica! Impura? Asneira!" Contudo, tive a impressão de que algumas das mais jovens, garotas de dezenove ou vinte anos, se continham como se tomadas de timidez. Depois, nós todas a rodeamos e começamos a fazer perguntas e, por fim, vi uma das mais jovens, que tinha ficado mais atrás, se aproximar timidamente e lhe dizer:

"O que é, então, a castidade? Quero dizer, é boa ou é ruim, ou simplesmente não é coisa nenhuma?" Ela respondeu tão baixinho que não consegui captar o que ela disse.

"Vejam só, fiquei chocada", disse outra, "por dez minutos, no mínimo."

"Em minha opinião", disse Poll, que estava ficando ríspida de tanto ler na Biblioteca de Londres, "a castidade não passa de ignorância – um estado de espírito dos mais vergonhosos. Devemos admitir apenas as incastas na nossa sociedade. Proponho que Castalia seja nossa presidente."

A proposta foi violentamente contestada.

"É injusto estigmatizar as mulheres tanto com castidade quanto com incastidade", disse Poll. "Algumas de nós não tivemos a oportunidade de uma coisa ou outra. Além disso, não creio que a própria Cassy sustente que tenha agido como agiu por puro amor ao conhecimento."

"Ele tem apenas vinte e um anos e é divinamente bonito", disse Cassy, com um gesto arrebatador.

"Proponho", disse Helen, "que a ninguém seja permitido falar de castidade ou incastidade a não ser que esteja apaixonada."

"Ora bem", disse Judith, que estivera pesquisando questões científicas, "não estou apaixonada e desejo explicar minha proposta para, através de uma lei, tornar desnecessárias as prostitutas e as virgens fertilizantes."[9]

Ela então nos falou de um invento de sua lavra, a ser instalado nas estações de metrô e em outros lugares públicos, o qual, mediante o pagamento de uma pequena taxa, iria salvaguardar a saúde da nação, acalmar seus filhos e aliviar suas filhas. Depois ela concebera um método para conservar em tubos lacrados os germes de futuros primeiros-ministros "ou de poetas, pintores ou músicos", continuou ela, "quer dizer, supondo que essas espécies não estejam extintas, e que as mulheres ainda queiram dar à luz...".

"Naturalmente, queremos dar à luz!", exclamou Castalia, impaciente. Jane bateu na mesa.

"É exatamente esse o ponto que estamos aqui reunidas para discutir", disse ela. "Por cinco anos estivemos tentando descobrir se estávamos certas em continuar a raça humana. Castalia se antecipou à nossa decisão. Mas o resto de nós ainda precisa se decidir."

Neste ponto, as nossas mensageiras, uma após a outra, levantaram-se e apresentaram seus relatórios. As maravilhas da civilização ultrapassavam em muito as nossas expectativas e, à medida que ficávamos sabendo, pela primeira vez, como o homem flutua no ar, fala através do espaço, penetra no centro de um átomo e abarca o universo em suas especulações, um murmúrio de admiração irrompia de nossos lábios.

"Orgulhamo-nos", exclamamos nós, "de que nossas mães tenham sacrificado sua juventude por uma causa como essa!" Castalia, que ouvira tudo atentamente, parecia mais orgulhosa que todas as outras. Então Jane nos lembrou que ainda tínhamos muito a aprender, e Castalia implorou que nos apressássemos. Fomos em frente, percorrendo um vasto emaranhado de estatísticas. Ficamos sabendo que a Inglaterra tem uma população de uns tantos milhões de pessoas, e que certa proporção delas passa fome o tempo todo e certa proporção está na prisão; que o tamanho médio da família de um operário é tanto e que uma porcentagem muito grande de mulheres morre de doenças ligadas ao parto. Foram lidos relatórios de visitas a fábricas, a lojas, a cortiços e a estaleiros. Foram feitas descrições da Bolsa de Valores, de uma gigantesca casa de comércio no centro de Londres e de uma repartição pública. As colônias britânicas estavam agora sendo discutidas, e estava sendo fornecida alguma informação sobre nosso governo na Índia, na África e na Irlanda. Eu estava sentada ao lado de Castalia e notei sua inquietação.

"A esse ritmo, nunca chegaremos a nenhuma conclusão", disse ela. "Como, pelo visto, a civilização é muito mais complexa do que imaginávamos, não seria melhor nos restringir à nossa investigação original? Havíamos concordado que o objetivo da vida era produzir boas pessoas e bons livros. Durante todo esse tempo, estivemos falando sobre aeroplanos, fábricas e dinheiro. Falemos sobre os homens em si e suas artes, pois esse é o cerne da questão."

Assim, as que tinham saído para jantar fora se voluntariaram, com longas tiras de papel contendo as respostas a suas perguntas, que tinham sido formuladas após muita ponderação. Para ser bom, concordáramos, um homem devia ser, no mínimo, honesto, apaixonado e nada materialista. Mas apenas era possível saber se um homem específico tinha ou não essas qualidades fazendo perguntas, muitas vezes começando a uma grande distância do ponto-chave. Seria Kensington um lugar bom para se morar? Onde seu filho estuda – e sua filha? Agora, por favor, me diga, quanto o senhor paga por seus charutos? A propósito, seria Sir Joseph um baronete ou apenas um cavaleiro? Tínhamos, muitas vezes, a impressão de que aprendíamos mais com perguntas triviais desse tipo do que com perguntas mais diretas. "Aceitei meu título de nobreza", disse Lorde Bunkum,[10] "porque minha esposa queria." Não me lembro mais da quantidade de títulos que foram aceitos pela mesma razão. "Trabalhando quinze das vinte e quatro horas, como faço...", assim começavam milhares de homens profissionais.

"Não, não, naturalmente, o senhor não tem tempo de ler ou escrever. Mas por que trabalha tanto?" "Prezada senhora, com uma família que não para de crescer..." "Mas por que sua família não para de crescer?" Suas esposas também queriam isso, ou talvez fosse o Império Britânico. Mais significativas que as perguntas, entretanto, eram as recusas a respondê-las. Pouquíssimos se dignavam a responder perguntas sobre moralidade e religião, e as respostas dadas não eram sérias. Perguntas sobre o valor do dinheiro e do poder eram quase invariavelmente desconsideradas, ou retrucadas, com extremo risco para a pesquisadora. "Estou certa", disse Jill, "de que, se não estivesse trinchando o carneiro quando lhe perguntei sobre o sistema capitalista, Sir Harley Tightboots[11] teria cortado a minha garganta. A única razão pela qual escapamos ilesas repetidas vezes é que os homens são, ao mesmo tempo, muito esfomeados e muito cavalheirescos. Eles nos desprezam demais para se importar com o que dizemos."

"É claro que nos desprezam", disse Eleanor. "Ao mesmo tempo – minha investigação foi no meio artístico – como se explica a situação? Pois nunca houve uma mulher que tenha sido artista, não é mesmo, Poll?"

"Jane–Austen–Charlotte–Brontë–George–Eliot",[12] gritou Poll, como um vendedor ambulante apregoando gulodices numa viela.

"Maldita mulher!", exclamou alguém. "Como ela é cansativa!"

"Depois de Safo não houve nenhuma mulher de primeira ordem...", começou Eleanor, citando um jornal diário.

"É agora de conhecimento geral que Safo foi uma invenção um tanto licenciosa do professor Hobkin", interrompeu Ruth.

"De qualquer modo, não há nenhuma razão para supor que alguma mulher tenha sido, ou será algum dia, capaz de escrever", continuou Eleanor. "E, contudo, sempre que estou no meio de autores, eles nunca param de me falar sobre seus livros! Magistral! digo eu, ou Shakespeare em pessoa! (pois é preciso dizer alguma coisa) e lhes garanto, eles acreditam em mim."

"Isso não prova nada", disse Jane. "Todos fazem o mesmo. Mas", assinalou ela, "isso não parece ajudar muito. Talvez fosse melhor que agora examinássemos a literatura moderna. Liz, é a sua vez."

Elizabeth se levantou e disse que, para levar a cabo sua investigação, ela se disfarçara de homem e fora confundida com um resenhista.

"Li livros novos bastante regularmente nos últimos cinco anos", disse ela. "O sr. Wells é o escritor vivo mais popular; depois vem o sr. Arnold Bennett; depois o sr. Compton Mackenzie; o sr. McKenna e o sr. Walpole podem ser metidos no mesmo saco." Ela se sentou.

"Mas você não nos disse nada!", objetamos. "Ou você está querendo dizer que esses cavalheiros superaram em muito Jane–Eliot e que a ficção inglesa está... onde está aquela sua resenha? Ah, sim, 'segura nas mãos deles'."

"Segura, muito segura", disse ela, mudando, nervosa, de um pé para o outro. "E estou certa de que eles dão bem mais do que recebem."

Estávamos todas certas disso. "Mas", insistimos com ela, "eles escrevem bons livros?"

"Bons livros?", repetiu, olhando para o teto. "Vocês devem lembrar", começou ela, falando com extrema rapidez, "que a ficção é o espelho da vida. E não podem negar que a educação é da maior importância, e que seria extremamente desagradável se a gente se visse sozinha em Brighton[13] tarde da noite, sem saber qual era a melhor pensão para ficar, e suponham que fosse uma tarde chuvosa de domingo – não seria bom ir ao cinema?"

"Mas o que tem uma coisa a ver com a outra?", perguntamos.

"Nada–nada–nada, absolutamente nada", replicou ela.

"Ora, nos diga a verdade", insistimos com ela.

"A verdade? Mas não é maravilhoso", ela se deteve... "O sr. Chitter tem escrito um artigo semanal sobre o amor ou sobre torradas amanteigadas pelos últimos trinta anos e mandou todos os filhos para Eton..."

"A verdade!", exigimos.

"Ah, a verdade", gaguejou, "a verdade não tem nada a ver com a literatura", e, sentando-se, negou-se a dizer mais uma palavra.

Tudo nos parecia muito inconclusivo.

"Senhoras, precisamos resumir os resultados", começou Jane, quando uma gritaria, que já se ouvia havia algum tempo pela janela aberta, abafou-lhe a voz.

"Guerra! Guerra! Guerra! Declaração de Guerra!", gritavam os homens na rua embaixo.

Entreolhamo-nos, horrorizadas.

"Que guerra?", gritamos. "Que guerra?" Lembramo-nos, tarde demais, de que nunca havíamos pensado em enviar alguém à Câmara dos Comuns. Tínhamos nos esquecido completamente disso. Voltamo-nos para Poll, que tinha chegado às prateleiras de história da Biblioteca de Londres, e lhe pedimos que nos esclarecesse.

"Por que", gritamos, "os homens vão à guerra?"

"Algumas vezes por uma razão, outras vezes por outra", respondeu ela calmamente. "Em 1760, por exemplo..." Os gritos vindos de fora abafavam suas palavras. "De novo em 1797... em 1804... foram os austríacos em 1866, em 1870 os franco-prussianos... em 1900, por outro lado..."

"Mas agora é 1914!", atalhamos.

"Ah, não sei por que vão à guerra agora", admitiu.

* * *

A guerra tinha acabado e a paz estava para ser assinada, quando eu, uma vez mais, me vi com Castalia na sala em que nossas reuniões costumavam ser realizadas. Começamos, despreocupadamente, a folhear as páginas de nossos velhos livros de atas. "É estranho", observei, "ver o que pensávamos cinco anos atrás." "Tínhamos concordado", recitou Castalia, lendo por sobre os meus ombros, "que o objetivo da vida é produzir boas pessoas e bons livros." Não fizemos nenhum comentário sobre *isso*. "Um homem devia ser, no mínimo, honesto, apaixonado e nada materialista." "Que conversa de mulher!", observei. "Oh, minha cara", exclamou Castalia, tirando o livro de sua frente, "que tolas éramos! Foi tudo culpa do pai de Poll", continuou. "Acredito que ele fez aquilo de propósito – quero dizer, aquele testamento ridículo, obrigando Poll a ler todos os livros da Biblioteca de Londres. Se não tivéssemos aprendido a ler", disse ela amargamente, "ainda poderíamos estar trazendo, na ignorância, crianças ao mundo, e essa é, afinal, creio eu, a mais feliz das vidas. Sei o que você vai dizer sobre a guerra", ela me advertiu, "e o horror de trazer crianças ao mundo para vê-las mortas, mas nossas mães o fizeram, e as mães delas, e as mães dessas últimas antes delas. E *elas* não se queixavam. Não sabiam ler. Fiz o que pude", suspirou, "para impedir minha menina de aprender a ler, mas de que adianta? Ainda ontem peguei a Ann com um jornal na mão e ela estava começando a me perguntar se era aquilo era 'verdade'. Em seguida irá me perguntar se o sr. Lloyd George é um homem bom, depois se o sr. Arnold Bennet é um bom romancista e, finalmente, se eu acredito em Deus. Como posso educar minha filha para não acreditar em nada?", perguntou ela.

"Certamente você poderia ensiná-la a acreditar que o intelecto do homem é, e sempre será, fundamentalmente superior ao da mulher?", sugeri. Com isso, ela se iluminou e começou a folhear de novo nossas velhas atas. "Sim", disse ela, "pense nas descobertas, na matemática, na ciência, na filosofia, na erudição deles...", e então ela começou a rir, "nunca esquecerei o velho Hobkin e o grampo de cabelo", disse, e continuou a ler e a rir e pensei que ela estava muito feliz, quando, de repente, ela pôs o livro de lado e desabafou: "Oh, Cassandra, por que você me atormenta? Você não sabe que nossa crença no intelecto do homem é a maior de todas as falácias?". "O quê?", exclamei. "Pergunte a qualquer jornalista, diretor de escola, político ou dono de pub no país e eles todos lhe dirão que os homens são muito mais inteligentes que as mulheres." "Como se eu duvidasse disso", disse ela, com escárnio. "Como poderiam evitá-lo? Não os criamos e os alimentamos e os confortamos desde o começo dos tempos para que eles possam ser inteligentes mesmo que não sejam nada mais que isso? É tudo culpa nossa!", exclamou. "Insistimos em que tivessem intelecto e agora temos o resultado. E é o intelecto", continuou, "que está na base disso. O que pode ser mais encantador que um menino antes de começar a cultivar seu intelecto? É algo belo de se ver; ele não se dá nenhuma importância; ele compreende, instintivamente, o significado da arte e da literatura; ele sai por aí desfrutando sua vida e fazendo com que outras pessoas desfrutem da sua. Então lhe ensinam a cultivar seu intelecto. Ele se torna advogado, alto funcionário do governo, general, autor, professor. Vai todos os dias a um escritório. Todo ano produz um livro. Mantém uma família inteira com os produtos de seu cérebro – pobre diabo! Logo ele não conseguirá entrar numa sala sem fazer com que todas nós nos sintamos pouco confortáveis; é condescendente para com todas as mulheres que vem a conhecer, e não ousa dizer a verdade nem mesmo para sua esposa; em vez de alegrar nossos olhos temos que cerrá-los se quisermos recebê-lo em nossos braços. É verdade que eles se consolam com estrelas de todas as formas, faixas de todas as cores e rendimentos de todos os tamanhos – mas o que serve a nós de consolo? Que teremos a chance, dali a dez anos, de passar um fim de semana em Lahore? Ou que o menor inseto do Japão tem um nome duas vezes mais comprido que seu corpo? Oh, Cassandra, pelo amor de Deus, inventemos um método pelo qual os homens possam ser capazes de dar à luz! É a nossa única chance. Pois, a menos que lhes demos alguma ocupação inocente, não teremos nem pessoas boas nem livros bons; pereceremos por sob os frutos da desenfreada atividade deles; e nenhum ser humano sobreviverá para saber que uma vez Shakespeare existiu!"

"É tarde demais", repliquei. "Não podemos dar conta nem dos filhos que temos."

"E você ainda me pede para acreditar no intelecto", disse ela.

Enquanto falávamos, os homens gritavam, rouca e cansativamente na rua, e, pondo-nos a ouvir, escutamos que o Tratado de Paz[14] acabara de ser assinado. As vozes se esvaíam. A chuva caía e certamente afetava a explosão apropriada dos fogos de artifício.

"Minha cozinheira terá comprado o *Evening News*", disse Castalia, "que Ann estará lendo, a soletrar, enquanto toma seu chá. Tenho que ir para casa."

"Não vale para nada – nada mesmo", disse eu. "Depois que ela aprender a ler haverá apenas uma coisa na qual você poderá ensiná-la a acreditar – nela mesma."

"Bem, já seria uma mudança", suspirou Castalia.

Recolhemos, assim, os documentos de nossa Sociedade e, embora Ann estivesse brincando muito feliz com sua boneca, nós solenemente a presenteamos com a pilha de papéis e lhe dissemos que a tínhamos escolhido para ser a Presidente da Sociedade do futuro – diante do que a coitadinha irrompeu em lágrimas.

Notas

Escrito em 1920, o conto foi publicado em 1922, na antologia *Monday or Tuesday* [*Segunda ou terça*]. Ele antecipa, em forma de ficção, alguns dos temas posteriormente desenvolvidos em *A Room of One's Own* [*Um quarto todo seu*] e *Três guinéus* (Autêntica, no prelo), tal como a necessidade de as mulheres pesquisarem as razões últimas da dominação masculina. Segundo Susan Dick, em "'What Fools We Were!': Virginia Woolf's 'A Society'", Virginia teria escrito o conto, em parte, em reação às opiniões masculinistas de Desmond MacCarthy, expressas numa resenha do livro de Arnold Bennett, *Our Women. Chapters on the Sex-Discord* (ver, na presente coletânea, o capítulo "O poder criativo das mulheres"): "O grupo de jovens mulheres que se organizam numa sociedade para 'fazer perguntas' é como o 'núcleo de mulheres' que Woolf descreve numa das cartas. As perguntas que elas se propõem fazer invertem os pressupostos de Bennett e do Affable Hawk, pois elas querem saber se os homens produziram algo de alto valor".

O conto também prefigura a "Sociedade das Outsiders", mencionada em *Três guinéus* e em "As mulheres devem chorar".

Além disso, como lembra Susan Dick, *Três guinéus* trata justamente de encontrar respostas para a pergunta feita pelas jovens da sociedade um pouco antes da parte final do conto: "'Por que', gritamos, 'os homens vão à guerra?'".

Uma última observação: a melhor tradução da palavra "*society*" que figura no título original do conto seria "associação" em vez de "sociedade" não fora o fato de que Virginia tira proveito, tanto aqui quanto em *Três guinéus*, do sentido duplo de "*society*" para fazer conexões entre os agrupamentos mais restritos como o grupo organizado pelas jovens do conto e a sociedade mais ampla: "A própria palavra 'sociedade' faz soar na memória os lúgubres sinos de uma música severa: não deves, não deves, não deves. Não deves aprender; não deves ganhar a própria vida; não deves ter propriedades" (*Três guinéus*).

[1] Segundo Susan Dick, em "'What Fools We Were!': Virginia Woolf's 'A Society'" (daqui em diante abreviado como VWS), os nomes das moças que formam a "sociedade" são, todos, alusivos. Por exemplo, "Poll", apelido afetivo de "Mary", também quer dizer "papagaio" e, conotativamente, pessoa que repete palavras ou frases sem entendê-las. O termo "*poll*" também se refere a um diploma universitário de graduação concedido a estudantes que cumpriram um número menor de exigências acadêmicas para receberem um título de graduação "*with honours*" ("com honras" ou "com distinção"). Susan Dick também vê fortes alusões nos nomes de Clorinda, Judith, Ruth e Castalia.

[2] London Library, no original. Fundada em 1841, está localizada no número 14 da St. James Square.

[3] *Lord Chancellor* é como é chamado o ocupante de um dos mais altos postos da hierarquia política da Grã-Bretanha. Integrante do Gabinete (ou Ministério), tem funções equivalentes às de ministro da Justiça.

[4] Alusão ao episódio que ficou conhecido como *Dreadnought Hoax* [A farsa do Dreadnought]. "Dreadnought" era a designação do tipo principal de encouraçado da Marinha britânica no começo do século vinte. Em 7 de fevereiro de 1910, disfarçados de Imperador da Abissínia e sua corte, Virginia Woolf e cinco amigos fizeram uma visita supostamente oficial a um desses encouraçados, sem que o capitão e seus oficiais desconfiassem de que se tratava de uma farsa, que só foi descoberta no dia seguinte. Para não chamar mais atenção para o episódio, que ganhou manchete nos jornais, os farsantes foram perdoados, mas, com exceção de Virginia, foram simbolicamente castigados com algumas chibatadas no traseiro.

[5] Segundo Susan Dick, em "VWS", o pedido do capitão naval para que Rose não mencione o nome de sua mãe alude ao episódio em que o comandante do encouraçado que foi vítima da farsa de Virginia e seus amigos, William Wordsworth Fisher (conhecido como Willy Fisher), primo dos Stephens (Adrian e Virginia), visitou Adrian Stephen para censurá-lo pela brincadeira, tendo dito, na ocasião, segundo relato da própria Virginia: "uma vez que a mãe de meu irmão era tia dele, as regras da Marinha proíbem qualquer punição física efetiva" (Quentin Bell, em *Virginia Woolf. A Biography*).

[6] Cada uma das frases corresponde ao verso de um poema conhecido. Pela ordem (autor e título): Alfred Lord Tennyson, "Break, break, break"; Robert Louis Stevenson, "Requiem" (*Underwoods*); Robert Burns, "It was a' for our Rightfu' King"; possível alusão a "Hymn to Proserpine", de A. C. Swinburne; Thomas Nashe, "Spring"; Robert Browning, "Home – Thoughts from Abroad"; Charles Kingsley, "The Three Fishers"; Alfred Lord Tennyson,

"Ode on the Death of the Duke of Wellington". Segundo Susan Dick, em "VWS", cada um desses versos corresponderia ao título da respectiva pintura vista por Helen na Academia Real: "A implicação dessa pletora de alusões parece ser a de que os grandes quadros da Academia Real não passam de representações fotográficas de cenas sentimentais e, com frequência, patrióticas".

[7] Alusão ao livro de Sarah Ellis, *The Daughters of England: Their Position in Society, Character and Responsibilities* (1842).

[8] Oxbridge é como são referidas, coletivamente, as universidades de Oxford e de Cambridge.

[9] Supostamente, as virgens utilizadas nos experimentos de inseminação artificial mencionados a seguir: "conservar em tubos lacrados os germes de futuros primeiros-ministros...".

[10] A palavra "*bunkum*" significa "disparate", "bobagem", "besteira". Embora Susan Dick, em "VWS", afirme que o nome "Lorde Bunkum" remonte às comédias da época da Restauração (segunda metade do século dezessete, início do século dezoito), a palavra "*bunkum*", segundo o dicionário Oxford é de origem americana e remonta aos anos 1820. De qualquer maneira, o objetivo de Virginia parece ser o de ridicularizar o personagem assim nomeado.

[11] Virginia segue aqui a mesma estratégia de dar um sobrenome ridículo (literalmente, "botas apertadas") ao seu fictício personagem masculino. Além disso, seu primeiro nome, Harley, evoca a rua londrina localizada em Westminster, próxima ao Regent's Park, conhecida como o endereço de consultórios médicos de prestígio e de instituições de saúde. É o endereço de um dos médicos a que recorre o personagem Septimus, em *Mrs Dalloway*, e certamente o endereço de alguns dos médicos a que recorreu a própria Virginia nas diversas fases de suas crises.

[12] Jane Austen (1775-1817); Charlotte Brontë (1816-1855); George Eliot (1819-1880).

[13] Brighton é um balneário situado na costa sul da Inglaterra, a 75 km de Londres. Elizabeth está aqui defendendo um aspecto utilitário dos livros de ficção, o de servir como guia de viagem. Susan Dick, em "VWS", sugere que a passagem seria uma alusão irônica ao romance de Arnold Bennett, *Hilda Lessways*, situado, em parte, numa pensão de Brighton.

[14] Refere-se ao Tratado de Versalhes, assinado em 28 de junho de 1919, pouco depois do final da Primeira Grande Guerra.

PROFISSÕES PARA MULHERES

QUANDO A SECRETÁRIA de vocês me convidou para vir aqui, ela me disse que a Sociedade de vocês está envolvida na questão do emprego das mulheres e sugeriu que eu falasse algo sobre minhas experiências profissionais. É verdade que sou mulher; é verdade que tenho emprego; mas que experiências profissionais tive eu? É difícil dizer. Minha profissão é a literatura; e nessa profissão há bem menos experiências disponíveis para as mulheres que em qualquer outra, com exceção do palco – bem menos, quero dizer, que sejam específicas das mulheres. Pois o caminho foi preparado muitos anos atrás – por Fanny Burney, Aphra Behn, por Harriet Martineau, Jane Austen, George Eliot[1] – muitas mulheres famosas e muitas outras, desconhecidas e esquecidas, vieram antes de mim, aplainando a senda e orientando meus passos. Assim, quando chegou a minha vez de escrever, havia pouquíssimos obstáculos materiais no meu caminho. Escrever era uma ocupação respeitável e inofensiva. A paz da família não era perturbada pelo arranhar de uma pena. Não exigia nada das economias da família. Por dez xelins e seis pênis podia-se comprar papel suficiente para escrever todas as peças de Shakespeare – se essa fosse a inclinação de nossa mente. Pianos e modelos, Paris, Viena e Berlim, mestres e mestras não são necessários para uma escritora. O baixo preço do papel é, naturalmente, a razão pela qual as mulheres tiveram sucesso como escritoras antes de terem tido sucesso nas outras profissões.

Mas quanto à minha história – é uma história muito simples. Basta imaginarem uma garota num quarto com uma caneta na mão. Ela só tem que mover a pena da esquerda para a direita – da posição das dez para a posição da uma hora. Então lhe ocorreu fazer o que é, afinal, muito simples e barato – enfiar um tanto daquelas páginas num envelope, colar no canto um selo de um pêni e largar o envelope na caixa de coleta da esquina. Foi assim que me tornei jornalista; e meu esforço foi recompensado no primeiro dia do mês seguinte – um dia muito glorioso para mim – por uma carta de um editor contendo um cheque no valor de uma libra, dez xelins e seis pênis. Mas para lhes mostrar o quão pouco mereço ser chamada de uma mulher profissional, o quão pouco sei das lutas e dificuldades dessa vida, devo admitir que, em vez de gastar aquela soma com pão e manteiga, aluguel, sapatos e meias, ou contas do açougue, saí e comprei um gato – um gato lindo, um gato persa, que muito cedo acabou por me envolver em amargas disputas com meus vizinhos.

O que poderia ser mais fácil do que escrever artigos e comprar gatos persas com os rendimentos? Mas esperem um pouco. Os artigos têm que ser sobre alguma coisa. O meu, se bem me lembro, era sobre um romance escrito por um homem famoso. E enquanto escrevia essa resenha, descobri que se fosse resenhar livros eu teria que travar guerra com um certo fantasma. E o fantasma era uma mulher, e quando vim a conhecê-la melhor dei-lhe o nome de "O Anjo da Casa", em alusão à heroína de um famoso poema.[2] Era ela que costumava se pôr entre mim e minha folha de papel quando escrevia resenhas. Era ela que me incomodava e me fazia perder tempo e me atormentava tanto que, por fim, a matei. Vocês que vêm de uma geração mais jovem e mais feliz podem não ter ouvido falar dela – vocês talvez não saibam o que quero dizer com o "Anjo da Casa". Eu a descreverei tão brevemente quanto possível. Ela era intensamente compreensiva. Ela era imensamente encantadora. Ela era absolutamente altruísta. Ela se destacava nas difíceis artes da vida em família. Ela se sacrificava diariamente. Se havia uma galinha, ela ficava com o pé; se havia uma corrente de ar, sentava-se no local por onde ela passava – em suma, ela era constituída de tal forma que nunca tinha uma opinião ou vontade própria, sempre preferindo estar de acordo com a opinião ou a vontade dos outros. Sobretudo – não preciso dizê-lo – ela era pura. Sua pureza era, supostamente, sua maior formosura – seus rubores, sua suprema graça. Naqueles dias – os últimos da rainha Vitória – toda casa tinha seu Anjo. E quando comecei a escrever eu a encontrei já nas primeiríssimas palavras. A sombra de suas asas caiu sobre a minha folha de papel; escutei o ruge-ruge de suas saias no quarto. Quer dizer, assim que pus a mão na caneta para resenhar aquele romance de autoria de um homem famoso, ela se esgueirou pelas minhas costas e cochichou: "Minha querida, você é uma jovem mulher. Está escrevendo sobre um livro que foi escrito por um homem. Seja boazinha; seja meiga; lisonjeie; iluda; use todas as artes e astúcias de nosso sexo. Nunca deixe que adivinhem que você pensa por conta própria. Sobretudo, seja pura". E ela como que guiava minha pena. Registro agora o único ato pelo qual reivindico algum mérito, embora o mérito se deva, na verdade, a alguns formidáveis ancestrais que me deixaram uma certa quantia de dinheiro – digamos, umas quinhentas libras por ano? – de maneira que não precisei depender apenas da sedução para me sustentar. Voltei-me contra ela e a agarrei pela garganta. Fiz o que pude para matá-la. Minha desculpa, se tivesse que comparecer diante de um tribunal, seria a de que agi em legítima defesa. Se não a tivesse matado, ela teria me matado. Ela teria arrancado a alma de minha escrita. Pois, como descobri, assim que pus a pena no papel, não se pode resenhar nem mesmo um romance sem que se pense por conta própria, sem que se expresse o que se pensa ser a verdade sobre as relações humanas, a moralidade, o sexo. E todas essas questões, segundo o Anjo da Casa, não podem ser tratadas livre e francamente pelas mulheres; elas devem seduzir, elas devem conciliar, elas devem – para dizê-lo sem meias-palavras – mentir se quiserem ser bem-sucedidas. Assim, sempre que percebia a sombra de sua asa ou a radiância de seu halo sobre a minha folha de papel, eu pegava o tinteiro e jogava nela. Ela custou a morrer. Sua natureza fictícia lhe foi de grande ajuda. É muito mais difícil matar um fantasma que uma realidade. Quando pensava que a tinha despachado, ela acabava por ressurgir sorrateiramente. Embora me vanglorie de tê-la finalmente matado, foi uma luta dura; tomou-me muito do tempo que teria sido mais bem aproveitado na aprendizagem da gramática grega; ou em viagens pelo mundo em busca de aventuras. Mas foi uma verdadeira experiência; foi uma experiência a que todas as mulheres escritoras da época estavam sujeitas. Matar o Anjo da Casa fazia parte do ofício de uma mulher escritora.

Mas continuando minha história. O Anjo estava morto; o que restava, então? Pode-se dizer que o que restava era algo simples e comum – uma jovem mulher num quarto com um tinteiro. Em outras palavras, agora que tinha se livrado da mentira, aquela mulher jovem tinha apenas que ser ela mesma. Ah, mas o que quer dizer "ela mesma"? Quer dizer, o que é uma mulher? Eu lhes asseguro: não sei. Não creio que vocês saibam. Não creio que alguém possa saber até que ela mesma tenha se expressado em todas as artes e profissões que se oferecem ao talento humano. Essa é, na verdade, uma das razões pelas quais vim até aqui – por respeito a vocês, que estão envolvidas em nos mostrar, por suas experimentações, o que é uma mulher, que estão envolvidas em nos fornecer, por seus fracassos e sucessos, essa importantíssima informação.

Mas continuando a história de minhas experiências profissionais. Recebi uma libra, dez xelins e seis pênis pela minha primeira resenha, e comprei um gato persa com esse dinheiro. E então me tornei ambiciosa. Um gato persa está muito bem, eu disse; mas um gato persa não é suficiente. Tenho que ter um carro a motor. E foi assim que me tornei romancista – e é uma coisa muito estranha as pessoas nos darem um carro a motor por termos lhes contado uma história. É uma coisa mais estranha ainda que não haja nada tão delicioso no mundo quanto contar histórias. É bem mais delicioso do que escrever resenhas sobre romances famosos. Mas se é para obedecer à secretária de vocês e lhes contar minhas experiências profissionais como romancista, devo lhes falar de uma experiência muito estranha que me aconteceu como romancista. E para entendê-la vocês devem primeiro tentar imaginar o estado de espírito de um romancista. Espero não estar revelando nenhum segredo profissional ao dizer que o maior desejo de um romancista é ser tão inconsciente quanto possível. Ele tem que induzir em si mesmo um estado de perpétua letargia. Ele quer que a vida prossiga com o máximo de quietude e regularidade. Enquanto escreve, ele quer ver os mesmos rostos, ler os mesmos livros, fazer as mesmas coisas dia após dia, mês após mês, de modo que nada quebre a ilusão em que vive – de modo que nada possa perturbar ou inquietar os misteriosos farejos, tateios, ímpetos, arrebatamentos e súbitas descobertas daquele espírito muito tímido e ilusório, a imaginação. Suspeito que esse estado seja o mesmo nos homens e nas mulheres. Seja como for, quero que vocês me imaginem escrevendo um romance em estado de transe. Quero que vocês mentalizem uma moça sentada, com uma caneta na mão, a qual, durante minutos, e durante horas, na verdade, ela nunca mergulha no tinteiro. A imagem que me vem à mente quando penso nessa moça é a de um pescador mergulhado em sonhos, à beira de um lago profundo, com um caniço suspenso sobre a água. Ela deixava sua imaginação esquadrinhar, sem nenhuma censura, cada rocha e cada fenda do mundo que estão submersas nas profundezas de nosso ser inconsciente. Então veio a experiência, a experiência que creio ser bem mais comum às mulheres escritoras que aos homens. A linha deslizou pelos dedos da moça. Sua imaginação saíra em disparada. Buscara as cavernas, as profundezas, os lugares escuros onde dormita o maior dos peixes. E então houve um estrondo. Houve uma explosão. Houve escuma e confusão. A imaginação esbarrara em algo duro. A moça despertou de seu sonho. Estava, na verdade, num estado que era o da mais aguda e difícil das aflições. Para falar sem rodeios, ela pensara em algo, algo sobre o corpo, sobre as paixões, que eram impróprias para ela, como mulher, expressar. Os homens, disse-lhe sua razão, ficariam chocados. A consciência do que os homens dirão de uma mulher que fala a verdade sobre suas paixões a havia despertado de seu estado de inconsciência de artista. Não conseguiu mais escrever. O transe tinha acabado. Sua imaginação não conseguia mais funcionar. Creio que essa seja uma experiência muito comum às mulheres escritoras – elas são tolhidas pelo extremo convencionalismo do outro sexo. Pois embora os homens claramente se permitam uma grande liberdade a esse respeito, duvido que percebam ou consigam controlar a extrema severidade com que condenam essa liberdade nas mulheres.

Essas foram, pois, duas experiências muito genuínas que tive. Foram duas das aventuras de minha vida profissional. A primeira – matar o Anjo da Casa – creio que resolvi. Ela morreu. Mas a segunda, dizer a verdade sobre as minhas próprias experiências enquanto corpo,[3] não creio ter resolvido. Duvido que alguma mulher já tenha resolvido isso. Os obstáculos que lhe são impostos são ainda imensamente poderosos – e, contudo, muito difíceis de definir. Aparentemente, o que há de mais simples do que escrever livros? Aparentemente, que obstáculos se apresentam para as mulheres que também não se apresentam para os homens? Profundamente, o caso, creio, é bem outro; ela ainda tem muitos fantasmas a combater, muitos preconceitos a superar. Na verdade, creio, levará ainda um bom tempo até que uma mulher possa se sentar para escrever um livro sem se deparar com um fantasma a ser assassinado, uma rocha contra a qual arremeter. E se essa é a situação na literatura, a mais livre das profissões para as mulheres, qual é a situação nas novas profissões nas quais vocês estão ingressando pela primeira vez?

Essas são as perguntas que, se tivesse tempo, gostaria de lhes fazer. E, na verdade, se enfatizei as minhas próprias experiências profissionais, foi porque acredito que elas são, ainda que sob formas diferentes, também as suas. Mesmo quando o caminho está, em tese, aberto – quando não há nada a impedir que uma mulher se torne médica, advogada, funcionária pública – há muitos fantasmas e obstáculos, acredito, avultando em seu caminho. Discuti-los e defini-los é, creio, de grande valor e importância; pois apenas assim pode o esforço ser partilhado e as dificuldades, resolvidas. Mas, além disso, é preciso também discutir os fins e os objetivos pelos quais lutamos, pelos quais fazemos frente a esses terríveis obstáculos. Esses objetivos não podem ser dados como estabelecidos; eles devem ser perpetuamente questionados e examinados. A situação toda, tal como a vejo – aqui, neste salão, rodeada por mulheres que estão trabalhando, pela primeira vez na história, em não sei quantas profissões diferentes – é de interesse e importância extraordinários. Vocês conseguiram um quarto próprio na casa até aqui de propriedade exclusiva dos homens. Vocês são capazes, embora não sem muito trabalho e esforço, de pagar o aluguel. Estão ganhando suas quinhentas libras por ano. Mas esta liberdade é apenas um começo; o quarto é seu, mas ele ainda está vazio. Tem que ser mobiliado; tem que ser decorado; tem que ser partilhado. Como vocês irão mobiliá-lo, como irão decorá-lo? Com quem irão partilhá-lo, e sob quais condições? Essas, creio, são perguntas da maior importância e interesse. Pela primeira vez na história, vocês podem formulá-las; pela primeira vez podem decidir por si mesmas quais devem ser as respostas. Eu permaneceria aqui de bom grado para discutir essas perguntas e respostas – mas não esta noite. Meu tempo acabou; e devo parar.

Notas

Em 21 de janeiro de 1931, Virginia deu uma palestra às integrantes do Junior Council (Conselho Juvenil) da London and National Society for Women's Service (L&NSWS), sociedade de âmbito local (londrina) e nacional fundada para promover a causa do emprego das mulheres profissionais, da qual Philippa Strachey, amiga de Virginia, era a presidente. O texto considerado como sendo o da palestra foi publicado postumamente, em 1942, na coletânea de ensaios *The Death of the Moth* [*A morte da mariposa*], organizada por Leonard Woolf, com a simples observação "Ensaio lido na Women's Service League". Como diz Naomi Black, em *Virginia Woolf as Feminist*, Leonard comete um duplo erro: ele se refere ao nome antigo da sociedade, e Virginia não falou ao grupo inteiro, mas apenas, como já destacado, às integrantes de seu conselho juvenil. Ainda segundo Naomi Black, como Virginia nunca fez, aparentemente, nenhuma revisão do texto da palestra, nem o publicou enquanto vivia, não se sabe como Leonard chegou ao texto publicado na coletânea por ele organizada. Tem-se, entretanto, o original de uma versão do ensaio, bem mais longa, que constitui o primeiro capítulo do livro projetado por ela, *The Pargiters* [*Os Pargiters*], um híbrido de romance e ensaio, que depois se transformou em dois livros separados: *Os anos* e *Três guinéus*. A parte referente ao romance foi editada e publicada por Mitchell A. Leaska, em 1977, sob o título *The Pargiters. The Novel-Portion of The Years* (disponível no site archive.org: tinyurl.com/y9vp6znr). Conforme enfatiza Naomi Black, "Profissões para mulheres", apesar da brevidade da versão publicada por Leonard, é importante não apenas por abordar um tema central do "feminismo" de Virginia, a possibilidade do acesso feminino às profissões liberais, mas sobretudo por estar na gênese de *Três guinéus*, o livro em que ela desenvolve plena, minuciosa e elaboradamente seu pensamento sobre a condição feminina tal como se apresentava nos anos 1930 na Inglaterra. O texto acima foi traduzido do ensaio publicado na coletânea organizada por Leonard Woolf.

[1] Fanny Burney ou Frances Burney (1752-1840), escritora inglesa; Aphra Behn (1640-1689), escritora inglesa; Harriet Martineau (1802-1876), ensaísta inglesa; Jane Austen (1775-1817); George Eliot (1819-1880).

[2] Trata-se do poema de Coventry Patmore (1823-1896), crítico e poeta inglês, "The Angel in the House", uma narrativa idealizada de sua relação com a esposa, Emily Augusta Andrews (1824-1862).

[3] Pode-se ver aqui uma rara e comovente alusão aos episódios de abuso de que Virginia foi vítima, na infância, por parte de seus meios-irmãos. Sobre isso ver o relato da própria Virginia em *Moments of Being* [*Momentos de ser*] e o cap. 1 ("Experiences as a Body: Virginia Woolf, Jean Rhys, and the Aesthetics of Trauma") do livro de Patricia Moran, *Virginia Woolf, Jean Rhys, and the Aesthetics of Trauma*).

O PODER CRIATIVO DAS MULHERES

Desmond MacCarthy, crítico literário inglês, publicou, na edição de 2 de outubro de 1920 do jornal *New Statesman*, sob o pseudônimo Affable Hawk [Falcão Afável], uma resenha do livro de Arnold Bennett, *Our Women. Chapter on the Sex-Discord*, na qual o crítico endossava as opiniões misóginas de Bennett, expressas no referido livro, sobre a capacidade criativa das mulheres. Virginia Woolf escreveu uma réplica, publicada na edição de 9 de outubro, sob o título "O status intelectual das mulheres", contestando os argumentos de MacCarthy, que foi respondida pelo crítico no mesmo número do jornal. Na edição de 16 de outubro, Virginia volta à carga, contestando a resposta de MacCarthy, o qual se limita, em réplica publicada no mesmo número, a escrever: "Se a liberdade e a educação das mulheres são prejudicadas pela expressão de minhas opiniões, não discutirei mais". São essas duas cartas de Virginia que são reproduzidas abaixo.

A primeira carta

Senhor,
Como a maioria das mulheres, sou incapaz de suportar a depressão e a falta de autorrespeito que a censura do sr. Arnold Bennet e o louvor do sr. Orlo Williams[1] – se não for o inverso – certamente me

causariam se eu fosse ler seus livros por inteiro. Provo-os, portanto, aos goles, pelas mãos dos resenhistas. Mas não posso engolir a colher de chá administrada em suas colunas na última semana por Affable Hawk. O fato de que as mulheres são inferiores aos homens em termos de capacidade intelectual, diz ele, "salta-me à vista". Em continuação, ele diz concordar com a conclusão do sr. Bennett de que "nenhuma dose de educação e liberdade de ação mudará sensivelmente isso". Como, então, explicaria Affable Hawk o fato que me salta à vista e, suponho, à vista de qualquer outro observador imparcial, de que o século dezessete produziu mais mulheres notáveis que o dezesseis, o dezoito mais que o dezessete, e o dezenove mais que os três juntos? Quando comparo a duquesa de Newcastle com Jane Austen, a Incomparável Orinda com Emily Brontë, a srta. Heywood com George Eliot, Aphra Behn com Charlotte Brontë, Jane Grey com Jane Harrison,[2] o progresso em poder intelectual parece-me não apenas sensível, mas imenso; a comparação com os homens de modo algum me inclina ao suicídio; e os efeitos da educação e da liberdade dificilmente podem ser sobrestimados. Em suma, embora o pessimismo sobre o outro sexo seja sempre encantador e estimulante, parece um tanto otimista da parte do sr. Bennett e de Affable Hawk se entregarem a ele com tanta certeza diante da evidência que se lhes apresenta. Assim, embora as mulheres tenham toda razão em esperar que o intelecto do sexo masculino esteja constantemente diminuindo, seria insensato, até que elas tenham mais evidências do que a grande guerra e o farto abastecimento[3] do tempo de paz, anunciá-lo como um fato. Em conclusão, se Affable Hawk deseja sinceramente descobrir uma grande poeta, por que ele não se deixa entreter com uma possível autora da *Odisseia*? Naturalmente, não posso alegar saber grego como o sabem o sr. Bennett e Affable Hawk, mas tenho, com frequência, sido informada de que Safo era mulher e que Platão e Aristóteles a colocavam, junto com Homero e Arquíloco, entre os maiores de seus poetas. O fato de que o sr. Bennet possa nomear cinquenta indivíduos do sexo masculino que são indisputavelmente superiores a ela é, portanto, uma agradável surpresa, e se ele publicar seus nomes, prometo, como um ato de submissão que é tão prezado ao meu sexo, não apenas comprar seus livros, mas, tanto quanto minhas faculdades permitam, também sabê-los de cor. Vossa, etc., Virginia Woolf

A segunda carta

Senhor,
Comecemos com Safo. Não podemos, como no caso hipotético de Burns,[4] sugerido por Affable Hawk, julgá-la meramente por seus fragmentos. Complementamos nosso julgamento com as opiniões daqueles para os quais suas obras eram conhecidas em sua inteireza. É verdade que ela nasceu há 2.500 anos. De acordo com Affable Hawk, o fato de que nenhuma poeta com seu gênio tenha surgido no período entre 600 a.C. e o século dezoito prova que durante esse tempo não houve nenhuma poeta de gênio em potencial. Conclui-se que a ausência de poetas femininas de mérito moderado durante o período prova que não houve nenhuma escritora de mediocridade em potencial. Não houve nenhuma Safo; mas também, até o século dezessete ou dezoito, não houve nenhuma Marie Corelli e nenhuma sra. Barclay.[5] Para explicar a completa falta não apenas de boas escritoras, mas também de escritoras ruins, não posso pensar em nenhuma outra razão a não ser que havia alguma repressão externa às suas capacidades. Pois Affable Hawk admite que sempre houve mulheres com habilidades de segunda ou terceira classe. Por que, a menos que tenham sido impedidas à força, não expressaram elas esses dons na escrita, na música ou na pintura? O caso de Safo, embora tão remoto, lança, penso, alguma luz sobre o problema. Cito J. A. Symonds[6]: "Várias circunstâncias contribuíram para promover o desenvolvimento da poesia lírica em Lesbos. Os costumes dos eólios permitiam mais liberdade social e doméstica do que a que havia na Grécia. As mulheres eólicas não estavam confinadas ao harém como as iônicas, assim como não estavam sujeitas à rigorosa disciplina dos espartanos. Misturando-se livremente à sociedade masculina, elas eram altamente educadas e acostumadas a expressar seus sentimentos

num grau inédito em qualquer outro momento da história – incluindo, na verdade, os dias atuais". E agora, pulando de Safo para Ethel Smyth.[7] "Não havia nada mais [a não ser a inferioridade intelectual] para impedir, ao longo das eras, tanto quanto consigo ver, as mulheres, que sempre tocaram, cantaram e estudaram música, de produzir tantas musicistas em suas hostes quanto os que produziram os homens", diz Affable Hawk. Não havia nada que impedisse Ethel Smyth de ir para Munique [Leipzig, na verdade]? Não havia oposição por parte do pai? Descobriu ela que a oportunidade de tocar, cantar e estudar música que as famílias abastadas davam a suas filhas tinha como finalidade possibilitar que elas se tornassem musicistas? E contudo Ethel Smyth nasceu no século dezenove. Não há nenhuma grande pintora, diz Affable Hawk, embora a pintura esteja agora ao seu alcance. Está ao seu alcance – se isso quer dizer que há dinheiro suficiente, depois que os filhos homens receberam sua educação, para proporcionar tintas e estúdios para as filhas, e nenhuma razão familiar que exija sua presença em casa. Do contrário, elas devem escapulir o mais rápido possível e ignorar uma espécie de tortura mais incrivelmente dolorosa, creio, que qualquer outra que o homem possa imaginar. E isso no século vinte. Mas, argumenta Affable Hawk, uma grande mente criativa triunfaria sobre obstáculos como esses. Pode ele indicar um único desses grandes gênios da história que brotou de um povo privado de educação e mantido sob dependência, como, por exemplo, os irlandeses ou os judeus? Parece-me indiscutível que as condições que tornam possível que um Shakespeare exista são que ele deve ter precursores em sua arte, deve participar de um grupo onde a arte seja livremente discutida e praticada e deve, ele próprio, ter o máximo de liberdade de ação e experiência. Talvez em Lesbos, mas nunca, desde então, têm sido essas condições a sorte das mulheres. Affable Hawk lista, então, vários homens que triunfaram sobre a pobreza e a ignorância. Seu primeiro exemplo é Isaac Newton. Newton era filho de um agricultor; foi enviado para uma escola secundária pública; negou-se a trabalhar na terra; um tio, clérigo, sugeriu que ele devia ser dispensado do trabalho e preparado para a faculdade; com a idade de dezenove anos foi enviado para o Trinity College, da Universidade de Cambridge. (Ver o Dicionário Biográfico Nacional.) Quer dizer, Newton teve que sofrer quase a mesma espécie de oposição que sofre a filha de um advogado de interior quando pretende estudar em Newnham[8] no ano de 1920. Mas essa falta de estímulo não é intensificada pelas obras do sr. Bennett, do sr. Orlo Williams e de Affable Hawk. Pondo isso de lado, meu argumento é que não se tem um grande Newton até que se tenha produzido um número considerável de Newtons menores. Espero que Affable Hawk não me acuse de covardia se não tomar seu espaço com uma pesquisa sobre as carreiras de Laplace, Faraday e Herschel, nem comparar as vidas de Tomás de Aquino e Santa Teresa, nem decidir se foi Mill ou os amigos dele que se enganaram a respeito da sra. Taylor.[9] O fato, sobre o qual, penso, devemos concordar, é que as mulheres desde os primeiros tempos até agora trouxeram ao mundo a população inteira do universo. Essa ocupação lhes tomou muito tempo e esforço. Também as sujeitou aos homens e, incidentalmente – se é essa a questão – produziu algumas das qualidades mais adoráveis e admiráveis da raça. Minha diferença com Affable Hawk não é que ele negue a atual igualdade intelectual dos homens e das mulheres. É que ele, juntamente com o sr. Bennett, afirma que a mente da mulher não é sensivelmente afetada pela educação e pela liberdade; que sua mente é incapaz das mais altas realizações; e que ela deve permanecer para sempre na condição em que está agora. Devo repetir que o fato de que as mulheres tenham progredido (coisa que Affable Hawk parece agora admitir) mostra que elas podem progredir ainda mais; pois não consigo ver por que se deveria estabelecer um limite ao progresso delas tanto no século dezenove quanto no século cento e dezenove. Mas não é preciso apenas educação. É preciso que as mulheres tenham liberdade de experiência; que elas difiram, sem medo, dos homens, e que expressem sua diferença abertamente (pois não concordo com Affable Hawk quanto à ideia de que os homens e as mulheres são iguais); que toda atividade da mente seja estimulada, de modo que sempre exista um núcleo de mulheres que pensem, inventem, imaginem e criem tão livremente quanto os homens, e sem nenhum medo do ridículo e da condescendência. Essas condições, em minha opinião, de grande importância, são prejudicadas por afirmações como as de Affable Haw e do sr. Bennet, pois um homem ainda tem muito mais recursos que uma mulher para fazer com que suas opiniões sejam conhecidas e respeitadas. Não tenho absolutamente nenhuma dúvida de que se essas opiniões prevalecerem no futuro nós continuaremos na condição de um barbarismo semicivilizado. Ao menos, é assim que defino uma eternidade de dominação, de um lado, e de servidão, do outro. Pois a degradação de ser escrava se equipara apenas à degradação de ser senhor. Vossa, etc., Virginia Woolf

Notas

[1] Na mesma resenha, Desmond MacCarthy faz uma breve referência ao livro de Orlo Williams (1883-1967), *The Good Englishwoman*.

[2] Duquesa de Newcastle ou Margaret Lucas Cavendish (1623-673), escritora inglesa sobre a qual Virginia escreveu um ensaio, publicado na coletânea *Common Reader I*; Jane Austen (1775-1817); Orinda (seu pseudônimo numa associação de culto ao amor platônico, onde era chamada de *The Matchless Orinda*, A Incomparável Orinda) ou Katherine Philips (1631-1664), escritora e tradutora inglesa; Emily Brontë (1818-1848); Eliza Haywood (a grafia correta) (1693-1756), escritora inglesa – Virginia escreveu uma resenha, intitulada "A Scribling Dame", de um livro sobre ela; George Eliot (1819-1880); Aphra Behn (1640-1689), escritora inglesa, frequentemente mencionada por Virginia, sobretudo em *A Room of One's Own*; Charlotte Brontë (1816-1855); Lady Jane Grey (1537-1554), brevemente citada por Virginia em *The Common Reader*, escreveu textos autobiográficos; Jane Ellen Harrison (1850-1928), classicista e linguista inglesa, da qual a Hogarth Press, a editora do casal Woolf, publicou um livro de memórias.

[3] Possivelmente, alusão irônica ao racionamento do pós-guerra.

[4] Robert Burns (1759-1796), poeta escocês. Desmond MacCarthy, em sua primeira resposta à Virginia, sugere que Robert Burns também poderia ter sido considerado um grande poeta se, tal como ocorreu com Safo, sua obra tivesse sobrevivido apenas sob a forma de fragmentos.

[5] Marie Corelli ou Mary Mackay (1855-1924), romancista inglesa; Florence Barclay (1862-1921), romancista inglesa.

[6] John Addington Symonds (1840-1893), poeta e crítico literário inglês.

[7] Dame Ethel Mary Smyth (1858-1944), musicista inglesa.

[8] Uma das faculdades exclusivamente femininas da Universidade de Cambridge.

[9] Pierre-Simon Laplace (1749-827), cientista francês; Michael Faraday (1791-1867), cientista inglês; William Herschel (1738-1822), compositor e astrônomo alemão; Tomás de Aquino (1225-1274), teólogo italiano; Teresa de Jesus ou Teresa d'Ávila (1515-1582), freira e escritora espanhola; Harriet Taylor Mill (1807-1858), filósofa inglesa; John Stuart Mill (1865-1873), filósofo e político inglês, marido de Harriet Taylor, que a considerava superior a ele em todos os aspectos, embora seus amigos discordassem dessa opinião.

CARTA INTRODUTÓRIA A MARGARET LLEWELYN DAVIES

QUANDO ME PEDIU para escrever um prefácio para um livro no qual você reunia escritos de mulheres operárias, respondi que preferia morrer afogada a escrever um prefácio para qualquer livro que fosse. Livros devem se sustentar por si mesmos, foi meu argumento (e acho que bastante sólido). Se precisam ser escorados por um prefácio aqui, uma introdução ali, eles têm tanto direito de existir quanto uma mesa que precisa de um calço de papel para se manter firme. Mas você me deixou os escritos e, folheando-os, vi que, nesta oportunidade, o argumento não se aplica; este livro não é um livro. Folheando as páginas, comecei a me perguntar o que seria, então, este livro, se não é um livro? Que caráter ele tem? Que ideias ele sugere? Que antigas discussões e lembranças ele desperta em mim? E como tudo isso não tem nada a ver com uma introdução ou prefácio, mas me fez lembrar de você e de certas imagens do passado, estendi a mão em busca de uma folha de papel e escrevi a seguinte carta endereçada não ao público, mas a você.

Você esqueceu (escrevi) uma quente manhã de junho em Newcastle[1] do ano de 1913, ou ao menos você não lembrará o que eu lembro, porque você estava envolvida com outras coisas. Sua atenção estava inteiramente absorvida por uma mesa verde, várias folhas de papel e uma sineta. Além disso, você era frequentemente interrompida. Havia uma mulher com algo parecido a uma corrente de prefeito[2] em volta do pescoço; sentava-se talvez à sua direita; havia outras mulheres sem qualquer acessório a não ser canetas-tinteiros e caixas com documentos – sentavam-se talvez à sua esquerda. Logo uma fileira se formou lá em cima no estrado, com mesas e tinteiros e copos de água; enquanto nós, muitas centenas de nós, nos mexíamos inquietas e roçávamos o chão e enchíamos todo o espaço do andar térreo de um enorme edifício da prefeitura. De alguma forma, os trabalhos foram abertos. Talvez um órgão tenha sido tocado. Talvez algumas canções tenham sido cantadas. Então, de repente, as conversas e os risos cessaram. Uma sineta tocou; um vulto se levantou; uma mulher abriu caminho por entre nós; ela subiu num estrado; ela falou por exatamente cinco minutos; ela desceu. Assim que ela se sentou outra mulher se levantou; subiu no estrado; falou por exatamente cinco minutos e desceu; depois uma terceira se levantou, depois uma quarta – e assim por diante, uma oradora atrás da outra, uma da direita, uma da esquerda, uma do meio, uma dos fundos – cada uma delas abria caminho até o estrado, dizia o que tinha a dizer e cedia lugar à sua sucessora. Havia algo de militar na regularidade do procedimento. Elas eram atiradoras, pensei, levantando-se uma por vez, com o rifle erguido apontando para um alvo. Às vezes erravam o alvo e se ouvia uma onda de risos; às vezes acertavam e se ouvia uma salva de palmas. Mas quer o tiro em questão acertasse, quer errasse o alvo, não havia nenhuma dúvida a respeito do esmero da mira. Não havia nenhum rodeio; não havia nenhuma frase de eloquência fácil. A oradora abria caminho até o estrado munida de seu tema. Determinação e resolução estampavam-se em seu rosto. Havia tanto a ser dito entre as batidas da sineta que ela não podia desperdiçar um só segundo. Chegara o momento pelo qual ela, talvez durante meses, tanto esperara. Chegara o momento para o qual ela poupara chapéu, sapatos e vestido – havia um ar de discreta novidade em torno de suas vestes. Mas, acima de tudo, chegara o momento em que iria expressar o que estava em sua mente, na mente de seu grupo, na mente das mulheres que a tinham enviado, de Devonshire, talvez, ou Sussex, ou de alguma enegrecida vila mineira em Yorkshire, para dizer em Newcastle, em nome delas, o que estava em sua mente.

Logo se tornou óbvio que a mente que se estendia por uma extensão tão ampla da Inglaterra era uma mente vigorosa, trabalhando com muita energia. Pensava, em junho de 1913, na reforma das leis do divórcio; na taxação das propriedades agrárias; no salário mínimo. Preocupava-se com a assistência à maternidade; com a lei das juntas de conciliação;[3] com a educação dos filhos maiores de quatorze anos; era unanimemente da opinião de que o voto universal deveria se tornar uma medida governamental – pensava, em suma, em todo tipo de questão pública, e pensava construtiva e combativamente. Accrington não estava de pleno acordo com Halifax, nem Middlesbrough com Plymouth. Havia discussão e antagonismo; propostas eram derrotadas e emendas obtinham êxito. Mãos se erguiam como espadas ou eram rigidamente mantidas ao lado do corpo. Uma oradora se sucedia à outra; a manhã era fatiada em exatos intervalos de cinco minutos pela sineta.

Nesse meio tempo – deixe-me tentar, passados dezessete anos, recapitular os pensamentos que passaram pela mente de seus convidados, que vieram de Londres e de outros locais, não para participar, mas para ouvir – nesse meio tempo, de que tratava tudo aquilo? Que significado tinha? Essas mulheres estavam reivindicando divórcio, educação, o voto – todas coisas boas. Estavam reivindicando melhores salários e menos horas de trabalho – o que poderia ser mais razoável? E, contudo, embora fosse tudo tão razoável, muitas coisas muito convincentes, algumas coisas muito cômicas, uma grande dose de desconforto se instalava na mente de seus visitantes e se mexia inquietamente de um lado para o outro. Todas essas questões – talvez isso estivesse na base desse desconforto – que importam tão intensamente às pessoas aqui, questões de saneamento e educação e salários, a reivindicação por um xelim a mais, por um ano a mais de escolarização, por oito horas, em vez de nove, atrás de um balcão ou numa fábrica, me deixam, como ser de carne e osso, insensível. Se todas as reformas que elas reivindicam fossem concedidas neste mesmo instante, isso não afetaria um único fio de cabelo da minha confortável cabeça capitalista. Portanto, meu interesse é meramente altruísta. É esparso e empalidecido. Não há nenhum sangue vital ou urgência nele. Por mais forte que eu bata palmas ou bata os pés no chão, há no som uma falsidade que me trai. Sou uma espectadora benevolente. Estou irremediavelmente apartada das protagonistas. Sento-me aqui hipocritamente batendo palmas e batendo os pés no chão, uma proscrita do grupo. Além de tudo, minha razão (isso foi em 1913, lembre-se) não podia deixar de me assegurar que, ainda que a proposta, qualquer que fosse ela, ganhasse aprovação unânime, o ruído das palmas e dos pés batendo no chão era vazio. Sairia pela janela aberta e se juntaria ao alarido dos caminhões e à refrega dos cascos sobre as pedras do calçamento de Newcastle lá embaixo – um tumulto inarticulado. A mente podia ser ativa; a mente podia ser agressiva; mas a mente não tinha um corpo; não tinha pernas ou braços com os quais impor sua vontade. Em todo aquele público, entre todas aquelas mulheres que trabalhavam, que davam à luz, que esfregavam o chão e cozinhavam e pechinchavam, não havia uma única mulher com direito ao voto. Deixem-nas disparar seus rifles se é o que querem, mas eles não atingirão nenhum alvo; dentro há apenas cartuchos sem balas. Esse pensamento era muitíssimo irritante e deprimente.

 O relógio tinha agora soado as onze e meia. Havia, assim, ainda muitas horas pela frente. E se tínhamos atingido esse estágio de irritação e depressão às onze e meia da manhã, em que profundezas de enfado e desespero não estaríamos mergulhados[4] às cinco e meia da tarde? Como poderíamos ficar sentados durante outro dia de discursos? Como poderíamos, sobretudo, nos apresentar diante de você, nossa anfitriã, com a informação de que o seu congresso tinha se mostrado tão insuportavelmente irritante que voltaríamos para Londres no primeiro trem que houvesse? A única chance estava em algum feliz truque de mágica, alguma mudança de atitude pela qual a obscuridade e a vacuidade dos discursos pudesse se transformar em algo de carne e osso. Do contrário, eles continuariam intoleráveis. Mas suponha que tentássemos um jogo infantil; suponha que disséssemos: "Vamos fazer de conta". "Vamos fazer de conta", dizíamos para nós mesmos, olhando para a oradora, "que sou a sra. Giles, de Durham City." Uma mulher com esse nome acabara de se virar para se dirigir a nós. "Sou esposa de um mineiro. Ele chega em casa coberto de fuligem. Primeiro, ele deve tomar banho. Depois ele deve ter a sua ceia. Mas há apenas uma moeda de cobre. Meu fogão está coberto de panelas. Não tem como continuar com o trabalho. Todas as minhas panelas de barro estão cobertas de poeira novamente. Por que, em nome do Senhor, não tenho água quente e luz elétrica instalada quando as mulheres da classe média..." Assim, ergo-me e exijo apaixonadamente "utensílios que poupem o trabalho e melhoria habitacional". Ergo-me na pessoa da sra. Giles, de Durham; na pessoa da sra. Phillips, de Bacup; na pessoa da sra. Edwards, de Wolverton. Mas, afinal, a imaginação é, em grande medida, filha da carne. Não podemos ser a sra. Giles, de Durham, porque nosso corpo nunca se debruçou sobre uma tina de lavar roupa; nossas mãos nunca torceram roupas e esfregaram o chão e nunca picaram seja lá qual for o tipo de carne que faz parte da ceia de um mineiro. No quadro, portanto, estavam sempre se imiscuindo irrelevâncias. Sentávamo-nos numa poltrona ou líamos um livro. Víamos paisagens terrestres e marítimas, talvez a Grécia ou a Itália, onde a sra. Giles ou a sra. Edwards deviam ter visto montes de escória e uma fileira atrás da outra de casas com telhados de ardósia. Alguma coisa estava sempre se insinuando, vinda de um mundo que não era o mundo delas e tornando o quadro falso e o jogo muito parecido com um jogo verdadeiro para valer a pena continuar jogando.

Era verdade que sempre podíamos corrigir esses retratos observando a pessoa real – a sra. Thomas ou a sra. Langrish, ou a srta. Bolt, de Hebden Bridge. Valia a pena observá-las. Certamente não havia nenhuma poltrona, nem luz elétrica, nem água quente disponível em suas vidas; nenhuma colina grega ou baía mediterrânea em seus sonhos. Padeiros e açougueiros não vinham até suas casas receber encomendas. Elas não preenchiam um cheque para pagar as contas semanais ou reservavam, por telefone, um poltrona barata mas adequada na Ópera. Se viajavam, era num dia de piquenique, com comida em sacolas de feira e bebê nos braços. Elas não andavam pela casa dizendo, esta capa precisa ser lavada ou estes lençóis precisam ser trocados. Elas mergulhavam os braços na água quente e esfregavam, elas mesmas, as roupas. Em consequência, seus corpos eram atarracados e musculosos, suas mãos eram grandes, e elas tinham os gestos lentos e vigorosos das pessoas que, com frequência, estão tensas e desabam, cansadas, numa cadeira de encosto duro. Não tocavam em nada com leveza. Pegavam papéis e lápis como se fossem vassouras. Seu rosto era firme e fortemente vincado e marcado com profundas rugas. É como se seus músculos estivessem sempre retesados e sob tensão. Seus olhos pareciam estar sempre fixados em algo do momento – em panelas transbordando, em crianças fazendo alguma travessura. Seus lábios nunca expressavam as emoções mais leves e mais soltas que atuam quando a mente está perfeitamente despreocupada com o presente. Não, elas não eram nem um pouco soltas e despreocupadas e cosmopolitas. Elas eram provincianas e estavam arraigadas a um determinado local. Até seus nomes eram como as pedras dos campos – comuns, cinzentos, gastos, obscuros, desprovidos de todos os esplendores das associações ilustres e da aura romântica. Naturalmente, elas queriam banheiros e fornos e educação e dezessete xelins em vez de dezesseis, e liberdade e ar e... "E", disse a sra. Winthrop, de Spennymoor, irrompendo nesses pensamentos com palavras que soavam como um refrão, "podemos esperar"... "Sim", repetiu, como se tivesse esperado por tanto tempo que a última etapa daquela imensa vigília não significasse nada pois o fim estava à vista, "podemos esperar". E desceu, um tanto retesada, de onde estava empoleirada, voltando ao seu assento, uma mulher idosa nos seus melhores trajes.

Depois falou a sra. Potter. Depois a sra. Elphick. Depois a sra. Holmes, de Edgbaston. E assim por diante, e, finalmente, após inumeráveis falas, após muitas refeições coletivas em longas mesas e muitas discussões – o mundo devia ser consertado, de cima a baixo, de maneiras variadas – após ver geleias acondicionadas por cooperativas e biscoitos produzidos por cooperativas, após algumas cantorias e cerimônias com cartazes, a nova presidente recebeu a corrente do cargo com um beijo da antiga presidente; o congresso se encerrou; e as diversas participantes que tinham se erguido tão corajosamente e se expressado tão vigorosamente enquanto o relógio marcava seus cinco minutos voltaram para Yorkshire e Wales e Sussex e Devonshire, e penduraram suas roupas no armário e mergulharam novamente suas mãos na tina de lavar roupa.

Mais tarde naquele verão, os pensamentos aqui tão inadequadamente descritos foram novamente discutidos, mas não num edifício público enfeitado com cartazes e animado com vozes. A sede da Guilda, o centro de onde oradoras, documentos, tinteiros e copos, como suponho, saíam, ficava, então, em Hampstead.[5] Se posso lembrá-la novamente daquilo que você pode ter se esquecido, você nos convidou para ir até lá; você nos pediu para contar qual fora nossa impressão sobre o congresso. Mas devo fazer uma parada na entrada desta velha e muito digna casa, com seus entalhes e seus painéis do século dezoito, tal como fizemos realmente uma parada, pois não se pode entrar e subir ao andar de cima sem encontrar a srta. Kidd.[6] A srta. Kidd estava sentada à sua máquina de escrever no escritório da frente. A srta. Kidd, tinha-se a impressão, havia se estabelecido como uma espécie de cão de guarda para manter afastados os importunos que vêm se intrometer na vida de outras pessoas. Se era por essa razão que ela estava vestida num tom peculiar de roxo escuro eu não sei. A cor parecia, de alguma forma, simbólica. Ela era muito baixa, mas, devido à carga que se assentava em sua fronte e ao pessimismo que parecia exalar de seu vestido, ela era também muito pesada. Uma fração extra das injustiças do mundo parecia pesar sobre seus ombros. Quando ela teclava na sua máquina de escrever percebia-se que ela estava fazendo com que aquele instrumento transmitisse mensagens de infortúnio e mau agouro a um universo distraído. Mas ela abrandou, e tal como todos os abrandamentos que se seguem ao pessimismo, o dela veio com um encanto repentino. Depois nós subimos, e no andar de cima nos defrontamos com uma figura muito diferente – com a srta. Lilian Harris,[7] que, na verdade, fosse por seu vestido que era cor de café, fosse por seu sorriso que era sereno, fosse pelo cinzeiro no qual muitos cigarros tinham chegado amavelmente a um fim, parecia a imagem da tranquilidade de espírito e da serenidade. Não soubéssemos nós que a srta. Harris era para o congresso o que o coração é para as veias mais remotas – que o imenso mecanismo em Newcastle não teria pulsado e palpitado sem ela – que ela tinha reunido e selecionado e convocado e organizado aquela intrincada mas ordenada assembleia de mulheres – ela nunca teria nos informado. Ela não tinha absolutamente nada para fazer; lambia uns poucos selos e endereçava uns poucos envelopes – era uma mania dela – isso era o que a atitude dela transmitia. Era a srta. Harris que recolhia os papéis das cadeiras e pegava as xícaras de chá no armário. Era ela que respondia as perguntas sobre números e punha infalivelmente a mão no arquivo de cartas certo e se sentava, ouvindo, sem dizer muita coisa, mas com uma calma compreensão, a tudo o que era dito.

Novamente, permita-me condensar numas poucas frases, e numa única cena, muitas discussões, em vários lugares e ocasiões. Dissemos então – pois agora você emergiu de uma sala lá de dentro, e se roxo era a cor da srta. Kidd e café a da srta. Harris, você, pictorialmente falando (e não ouso falar mais explicitamente) era azul como o martim-pescador e tão ágil e resoluta quanto esse veloz pássaro – dissemos então que o congresso tinha suscitado pensamentos e ideias dos mais variados tipos. Tinha sido uma revelação e uma desilusão. Tínhamos nos sentido humilhadas e enraivecidas. Para começo de conversa, toda a fala delas, dissemos nós, ou a maior parte dela, era sobre questões reais. Elas queriam banho e dinheiro. Esperar que nós, cujas mentes, sob as atuais circunstâncias, pairam livres no ponto extremo de uma limitada extensão de capital, nos restrinjamos novamente a essa exígua gleba de consumo e desejo é algo impossível. Nós temos banho e temos dinheiro. Portanto, por maior que seja nossa empatia, ela é, em grande medida, fictícia. É uma empatia estética, a empatia do olho e da imaginação, não do coração e dos nervos; e essa empatia é sempre fisicamente desconfortável. Expliquemos o que queremos dizer, dissemos nós. As mulheres da Guilda são magníficas de se ver. Damas[8] em trajes de noite são muito mais adoráveis, mas falta-lhes a qualidade escultural que essas mulheres operárias têm. E embora a gama de expressões seja mais restrita em mulheres operárias, suas poucas expressões têm uma força e uma ênfase, de tragédia ou humor, que os rostos das damas não têm. Mas, ao mesmo tempo, é muito melhor ser dama; as damas desejam Mozart e Einstein – isto é, elas desejam coisas que sejam fins, não coisas que sejam meios. Portanto, ridicularizar as damas e imitar, como fizeram algumas das oradoras, sua fala afetada e seu pouco conhecimento do que agrada às oradoras chamar de "realidade"[9] é, assim nos parece, não apenas tolo, mas também algo que trai todo o propósito do congresso, pois se é melhor ser operária, deixe-as, sem dúvida nenhuma, que permaneçam assim e não sofram a contaminação que a riqueza e o conforto trazem. Apesar disso, continuamos nós, descontando o preconceito e a troca de cumprimentos, sem dúvida as mulheres presentes no congresso possuem algo que falta às damas, e algo que é desejável, que é estimulante e, contudo, muito difícil de definir. Não queremos cair facilmente em frases bonitas sobre "contato com a vida", sobre "encarar os fatos" e "as lições da experiência", pois elas, invariavelmente, alienam o ouvinte e, além disso, nenhum operário ou operária trabalha mais duro ou está em contato mais estreito com a realidade do que uma pintora com seu pincel ou uma escritora com sua pena. Mas a qualidade que elas têm, a julgar por uma frase captada aqui e ali, por uma risada ou por um gesto visto de passagem, é precisamente a qualidade que Shakespeare teria apreciado. Podemos imaginá-lo escapando disfarçadamente dos brilhantes salões das pessoas educadas para contar uma piada na cozinha dos fundos da sra. Robson. Na verdade, dissemos nós, uma das impressões mais curiosas em seu congresso foi a de que "os pobres", "as classes operárias" ou qualquer outro nome que se lhes queira dar, não são reprimidos, invejosos e exauridos; eles são bem-humorados e vigorosos e de todo independentes. Assim, se fosse possível encontrá-los não como patrões ou patroas ou clientes com um balcão nos separando, mas ao lado da tina de lavar roupa ou na sala, descontraída e amigavelmente, como semelhantes, com os mesmos desejos e propósitos em mente, uma grande liberação se seguiria, e talvez a amizade e a empatia viessem em seguida. Quantas palavras devem estar escondidas no vocabulário dessas mulheres e que se apagaram do nosso! Quantas cenas devem jazer dormentes em seus olhos e que não são vistas pelos nossos! Quantos ditados e figuras e expressões proverbiais devem ainda estar em uso entre elas e que nunca adquiriram forma tipográfica, e muito provavelmente elas ainda conservam o poder, que nós perdemos, de produzir novos. Houve muitas frases afiadas nos discursos do congresso que nem mesmo o peso de um encontro público conseguiu embotar completamente. Mas, dissemos nós, e aqui, talvez, brincando com uma espátula ou atiçando o fogo com impaciência como uma forma de expressar nosso desgosto, de que serve isso tudo? Nossa empatia é fictícia, não real. Porque o padeiro entrega pão em casa e pagamos nossas contas com cheques, e nossas roupas são lavadas para nós e não distinguimos o fígado dos bofes, estamos condenados a continuar para sempre presos nos confins das classes médias, vestindo fraque e meias de seda e sendo chamados de Sir ou Madam, conforme o caso, quando somos todos, na verdade, simplesmente Johns e Susans. E eles continuam igualmente destituídos. Pois temos tanto a dar a eles quanto eles a nós – sagacidade e distanciamento, erudição e poesia, e todos aqueles desejáveis dons que aqueles que nunca se aprestaram ao som de campainhas ou lidaram com máquinas desfrutam por direito. Mas a barreira é intransponível. E nada, talvez, nos exacerbou mais no congresso (você deve ter notado, às vezes, certa irritabilidade) do que o pensamento de que essa força delas, esse calor de fogo lento que quebrava a crosta de vez em quando e então lambia a superfície com uma chama ardente e destemida, está prestes a nos atravessar e a nos fundir, de forma que a vida será mais rica e os livros, mais complexos, e a sociedade compartilhará suas posses em vez de concentrá-las – tudo isso irá acontecer inevitavelmente, graças a você, em grande parte, e à srta. Harris e à srta. Kidd – mas apenas quando nós estivermos mortas.

Foi assim que tentamos, no escritório da Guilda, naquela tarde, explicar a natureza da empatia fictícia e como ela difere da empatia real e o quanto ela é imperfeita, porque não está baseada no compartilhamento inconsciente das mesmas e importantes emoções. Foi assim que tentamos descrever os contraditórios e complexos sentimentos que afetam o visitante da classe média quando forçado a ficar até o fim, em silêncio, num congresso de mulheres operárias.

Foi talvez nesse momento que você abriu uma gaveta e tirou um pacote de papéis. Você não desatou imediatamente o cordão com que estavam amarrados. Algumas vezes, disse você, recebemos uma carta que não fomos capazes de queimar; uma ou duas vezes uma mulher da Guilda tinha, por sugestão sua, escrito algumas páginas sobre sua vida. É possível que achemos que essas páginas sejam interessantes; que, se as lêssemos, as mulheres deixariam de ser símbolos e se tornariam, em vez disso, indivíduos. Mas elas são muito fragmentárias e agramaticais; elas foram rascunhadas nos intervalos do trabalho doméstico. Na verdade, você não conseguia, ao mesmo tempo, decidir-se a revelá-las, como se expô-las a olhos alheios significasse uma quebra de confiança. Era possível que sua crueza apenas causasse perplexidade, que a escrita de pessoas que não sabem escrever... mas, nesse momento, nós nos intrometemos. Em primeiro lugar, toda mulher inglesa sabe escrever; depois, mesmo que não saiba, ela tem apenas que adotar sua própria vida como tema e escrever a verdade sobre isso, e não ficção ou poesia, para que nosso interesse seja intensamente provocado, que... que, em suma, não podemos esperar e devemos ler o pacote de uma vez.

Assim instada, você agiu aos poucos e com muitas protelações – houve a guerra, por exemplo, e a srta. Kidd morreu, e você e Lilian Harris deixaram a Guilda, e um atestado de reconhecimento lhe foi dado num estojo, e muitos milhares de mulheres operárias tentaram dizer como você tinha mudado suas vidas – tentaram dizer o que elas sentiriam por você até o dia de sua morte – após todas essas interrupções, você acabou reunindo os papéis e, finalmente, colocou-os em minhas mãos no começo deste mês de maio. Ali estavam eles, datilografados e etiquetados com algumas fotografias e alguns instantâneos, bastante desbotados, enfiados entre as páginas. E quando, por fim, comecei a ler, irromperam nos olhos de minha mente as figuras que tinha visto, muitos anos atrás, com tanto espanto e curiosidade. Mas elas não estavam mais se dirigindo, de cima de uma plataforma, a uma grande assembleia em Newcastle, vestidas com suas melhores roupas.

Aquele dia quente de junho, com seus cartazes e cerimônias, tinha se desvanecido e, em vez disso, lançávamos um olhar retrospectivo ao passado das mulheres que tinham estado lá; às casas de cinco cômodos dos mineiros, às casas dos pequenos comerciantes e dos agricultores, aos campos e às fábricas de cinquenta ou sessenta anos atrás. A sra. Burrows, por exemplo, tinha trabalhado nas terras alagadiças de Lincolnshire quando tinha oito anos, com outras quarenta ou cinquenta crianças, e um velho seguia o grupo com um chicote comprido na mão, "que ele não se esquecia de usar". Essa era uma reflexão estranha. A maioria das mulheres tinha começado a trabalhar com sete ou oito anos, ganhando um pêni nos sábados para lavar o degrau da porta de uma casa, ou dois pênis por semana para levar comida para os homens da fundição de ferro. Tinham começado a trabalhar nas fábricas quando tinham quatorze anos. Trabalhavam das sete da manhã às oito ou nove da noite e ganhavam treze ou quinze xelins por semana. Desse dinheiro elas separavam alguns pênis para comprar gim para a mãe – ela estava, com frequência, muito cansada no fim da tarde, e tinha tido talvez treze filhos no período de um número igual de anos; ou arranjavam algum ópio para aliviar a febre aguda de alguma pobre velha nas terras alagadiças. A velha Betty Rollett se matou quando não conseguiu mais adquiri-lo.[10] Elas tinham visto mulheres subnutridas de pé em filas para receber o pagamento por suas caixas de fósforo,[11] enquanto sentiam o cheiro da carne assada[12] do jantar do patrão sendo preparada no interior da casa. A varíola grassava em Bethnal Green, e elas sabiam que as caixas continuavam sendo feitas em quartos ocupados por enfermos e estavam sendo vendidas ao público ainda totalmente infectadas.[13] Elas passavam tanto frio trabalhando nos campos gelados que não conseguiam correr quando o capataz as dispensava. Tinham vadeado as margens inundadas quando o Wash transbordou.[14] Velhas bondosas lhes tinham dado embrulhos de comida que, na verdade, continham apenas crostas de pão e couro de toicinho rançoso.[15] Tudo isso elas tinham feito e visto e conhecido quando outras crianças ainda estavam chapinhando em poças à beira do mar e soletrando contos de fadas junto à lareira de seu quarto. Naturalmente, seus rostos tinham uma aparência diferente. Mas eram, lembramo-nos, rostos firmes, rostos com algo de indômito em sua expressão. Por mais surpreendente que possa parecer, a natureza humana é tão dura que, mesmo adquirindo essas feridas na mais tenra idade, sobreviverá a elas. Mantenha uma menina confinada em Bethnal Green e ela, de algum modo, aspirará o ar do campo ao ver a poeira amarela nas botas do irmão, e de nada lhe valerá, mas ela precisará ir até lá para ver o "chão limpo",[16] como ela o chama, com seus próprios olhos. Era verdade que, no começo, "as abelhas eram muito assustadoras",[17] mas, apesar disso, ela chegou ao campo e a fumaça azul e as vacas correspondiam às suas expectativas. Ponha garotas, depois de uma infância cuidando dos irmãos menores e lavando degraus da entrada de casas, numa fábrica, quando elas têm quatorze anos, e seus olhos se voltarão para a janela e elas se sentirão felizes porque, uma vez que a oficina fica no sexto andar, o sol pode ser visto irrompendo sobre os montes, "e isso era sempre um grande consolo e alívio".[18] Ainda mais estranho, caso se precise de prova adicional da força do instinto humano para escapar da sujeição e se apegar, seja a uma estrada do campo, seja a um nascer do sol por sobre os montes, é o fato de que, sem dúvida, os mais altos ideais de dever florescem tanto numa sombria fábrica de chapéus quanto num campo de batalha. Havia mulheres da fábrica de chapéus de feltro da Christies, por exemplo, que trabalhavam pela "honra". Elas davam suas vidas à causa de dar pontos retos no arremate das abas de chapéus masculinos. O feltro é duro e grosso; é difícil trespassá-lo com a agulha; não há nenhuma recompensa ou glória a ser conquistada; mas tal é o incorrigível idealismo da mente humana que havia "modistas" naqueles obscuros locais que nunca davam um ponto torto em seu trabalho e implacavelmente arrancavam os pontos tortos das outras. E, à medida que davam seus pontos retos, elas reverenciavam a rainha Vitória e agradeciam a Deus, achegando-se ao fogo, por estarem todas casadas com operários conservadores e bons.[19]

Certamente essa história explicava algo da força, da obstinação que tínhamos visto no rosto das oradoras em Newcastle. E depois, se continuássemos a ler esses documentos, descobriríamos outras marcas da extraordinária vitalidade do espírito humano. Essa energia inata, que nenhuma quantidade de partos e de horas dedicadas a lavar louça pode sufocar, tinha, ao que parece, ido atrás, e tirado proveito, de exemplares antigos de revistas; tinha se afeiçoado a Dickens; tinha apoiado os poemas de Burns numa panela, para poder ler enquanto cozinhava. Elas liam durante as refeições; elas liam antes de ir para a fábrica. Liam Dickens e Scott e Henry George e Bulwer Lytton e Ella Wheeler Wilcox e Alice Meynell e gostariam de "conseguir qualquer boa história da revolução francesa, não a de Carlyle, por favor", e B. Russell sobre a China, e William Morris e Shelley e Florence Barclay e *Os Cadernos* de Samuel Butler[20] – elas liam com a avidez indiscriminada de um apetite voraz que se empanturra de bala de leite e de carne bovina e de tortas e de vinagre e de champanhe tudo de uma vez só. Naturalmente essa leitura gerava discussão. A geração mais nova tinha a audácia de dizer que a rainha Vitória não era nem um pouco melhor que uma honesta faxineira que tinha criado seus filhos respeitavelmente.[21] Elas tinham a temeridade de duvidar se dar pontos retos na aba dos chapéus masculinos deveria ser o único propósito e objetivo da vida de uma mulher. Elas suscitavam discussões e até mesmo formavam sociedades rudimentares de debate dentro da fábrica. Com o tempo, até as modistas mais antigas acabaram sendo sacudidas em suas crenças e passaram a pensar que podia haver outros ideais no mundo além dos pontos retos da rainha Vitória. Ideais estranhos estavam, de fato, fervilhando em seu cérebro. Uma moça, por exemplo, raciocinaria, enquanto caminhava ao longo das ruas de uma vila fabril, que não tinha direito de trazer uma criança ao mundo se essa criança fosse ganhar sua vida numa fábrica. Uma frase casual num livro estimularia sua imaginação a sonhar com cidades futuras nas quais havia banhos e cozinhas e lavanderias e galerias de arte e museus e parques. A mente das mulheres operárias zunia e sua imaginação estava desperta. Mas como iriam elas concretizar seus ideais? Como iriam elas expressar suas necessidades? Isso já era difícil para mulheres de classe média com alguma soma de dinheiro e algum nível de educação a sustentá-las. Mas como poderiam mulheres que estavam carregadas de trabalho, cujas cozinhas estavam cheias de fumaça, que não tiveram educação nem estímulo ou tempo livre, remodelar o mundo de acordo com as ideias das mulheres operárias? Foi então, acho eu, em algum momento dos anos oitenta, que a Guilda das Mulheres foi, modesta e hesitantemente, criada. Por certo tempo, ela ocupou uma nesga de espaço no jornal *Co-operative News* que se autointitulava "O cantinho das mulheres". Foi ali que a sra. Acland perguntou: "Por que não podemos fazer reuniões das mães de nossa cooperativa, ocasião em que podemos trazer nosso trabalho e sentarmos juntas, uma de nós lendo algum trabalho da cooperativa em voz alta, que pode depois ser discutido?". E, em 18 de abril de 1883, ela anunciou que a Guilda das Mulheres tinha agora sete associadas. Foi a Guilda, então, que atraiu para si todos aqueles desejos e sonhos irrequietos. Foi a Guilda que estabeleceu um lugar central de reunião em que se formou e se solidificou tudo que, sem isso, era tão disperso e incoerente. A Guilda deve ter dado às mulheres mais velhas, com seus maridos e filhos, aquilo que o "chão limpo" tinha dado à menina de Bethnal Green, ou aquilo que a vista do dia rompendo por sobre os montes tinha dado às moças da fábrica de chapéu. Ela lhes deu, em primeiro lugar, a mais rara de todas as posses – uma sala onde podiam se sentar e pensar, longe de panelas derramando e de crianças chorando; e, então, aquela sala se tornou não simplesmente uma sala de estar e um local de reunião, mas uma oficina onde, juntando suas cabeças, podiam remodelar suas casas, podiam remodelar suas vidas, podiam conquistar esta e aquela melhoria. E, à medida que o número de associadas aumentava, e vinte ou trinta mulheres faziam do encontro semanal uma rotina, aumentavam também suas ideias, e seus interesses se ampliavam. Em vez de discutir apenas suas torneiras e suas pias e suas longas horas de trabalho e baixo salário, elas começaram a discutir a educação e os impostos e as condições de trabalho no país como um todo. As mulheres que tinham aparecido modestamente, em 1883, na sala de estar da sra. Acland para costurar e "ler algum trabalho da cooperativa em voz alta", aprenderam a se manifestar, enérgica e assertivamente, sobre qualquer questão da vida cívica. Resultou, assim, que a sra. Robson e a sra. Potter e a sra. Wright estavam reivindicando, em Newcastle, em 1913, não apenas banhos e salário e luz elétrica, mas também o sufrágio universal e a taxação dos bens fundiários e a reforma da lei do divórcio. Assim, em um ou dois anos, elas iriam reivindicar paz e desarmamento e a expansão dos princípios cooperativos, não apenas entre os operários da Grã-Bretanha, mas também entre as nações do mundo. E a força que estava por detrás de seus discursos e os tornava convincentes, independentemente do poder da eloquência, era feita de muitas coisas – de homens com chicotes, de quartos com doentes onde caixas de fósforo eram produzidas, de fome e frio, de muitos e difíceis partos, de muito esfregar chão e lavar roupa, de ler Shelley e William Morris em cima da mesa da cozinha, de reuniões semanais da Guilda das Mulheres, de comitês e congressos em Manchester e em outros lugares. Tudo isso estava por trás das falas da sra. Robson e da sra. Potter e da sra. Wright. Os papéis que você me enviou certamente lançaram alguma luz sobre as antigas curiosidades e perplexidades que tinham tornado aquele congresso tão memorável e tão pleno de perguntas sem resposta.

Mas que as páginas aqui impressas signifiquem tudo isso para aqueles que não podem complementar a palavra escrita com a lembrança dos rostos e o som das vozes é, talvez, algo improvável. Não se pode negar que os capítulos aqui reunidos não formam um livro – que, como literatura, eles têm muitas limitações. A escrita, poderia dizer um crítico literário, carece de distanciamento e de amplitude imaginativa, do mesmo modo que as próprias mulheres careciam de variedade e expressividade facial. Não há aqui nenhuma reflexão, poderia ele objetar, nenhuma visão da vida como um todo e nenhuma tentativa de se introduzir na vida de outras pessoas. A poesia e a ficção parecem estar muito além de seu horizonte. Na verdade, nos vêm à lembrança aqueles escritores obscuros anteriores ao nascimento de Shakespeare que nunca viajaram além dos limites de suas freguesias, que não liam nenhuma língua que não fosse a sua e escreviam com dificuldade, encontrando poucas palavras e, essas, desajeitadamente. E, contudo, como a escrita é uma arte complexa, muito contaminada pela vida, essas páginas têm algumas qualidades, até mesmo como literatura, que os letrados e os instruídos poderiam invejar. Ouçam, por exemplo, a sra. Scott, a que fazia chapéus de feltro: "Estive em cumes de morros quando as camadas de neve tinham mais de um metro de altura e dois metros em alguns lugares. Estive numa nevasca em Hayfield e pensei que nunca ia conseguir dobrar a esquina. Mas era a vida nos urzais; eu parecia conhecer cada folha de grama e onde as flores cresciam e todos os regatos eram meus companheiros".[22] Poderia ela ter dito melhor se Oxford tivesse feito dela uma doutora em Letras? Ou considere a descrição que a sra. Layton fez de uma fábrica de caixa de fósforos em Bethnal Green e como ela olhou através da cerca e viu três damas "sentadas na sombra fazendo algum tipo de trabalho decorativo".[23] Isso tem algo da precisão e da claridade de uma descrição de Defoe. E quando a sra. Burrows recorda aquele amargo dia em que as crianças estavam prestes a comer seu jantar frio e tomar seu chá gelado embaixo da sebe e a mulher feia convidou-os a ir à sua casa dizendo: "Traga essas crianças à minha casa e deixe que elas comam o seu jantar ali",[24] as palavras são simples, mas é difícil imaginar como elas poderiam dizer mais. E, então, há o fragmento de uma carta da srta. Kidd – a figura em roxo escuro que datilografava como se o peso do mundo estivesse sobre seus ombros. "Quando eu era uma garota de dezessete anos", escreve ela, "o meu patrão da época, um cavalheiro de boa posição e alta reputação na cidade, mandou que eu fosse até sua casa uma noite, ostensivamente para pegar um pacote de livros, mas, na verdade, com um objetivo muito diferente. Quando cheguei na casa toda a família estava fora, e, antes de me deixar ir embora, ele me obrigou a me entregar a ele. Aos dezoito anos, eu era mãe."[25] Se isso é literatura ou não, não me atrevo a dizer, mas é certo que explica muito e revela muito. Essa era, então, a carga que pousava sobre aquela sombria figura ali sentada, datilografando as cartas que você escrevia, essas são as lembranças que ela remoía enquanto vigiava a sua porta com sua implacável e indômita fidelidade.

Mas não farei mais citações. Estas páginas são apenas fragmentos. Essas vozes estão começando agora a emergir do silêncio e a adquirir uma fala semiarticulada. Essas vidas ainda estão meio escondidas numa profunda obscuridade. Expressar até mesmo o que é expresso aqui foi um trabalho de esforço e dificuldade. A escrita foi feita em cozinhas, nos estreitos intervalos de descanso, em meio às distrações e aos obstáculos – mas realmente não há nenhuma necessidade de que eu, numa carta endereçada a você, dê ênfase à dureza das vidas das mulheres operárias. Não deram você e Lilian Harris os seus melhores anos... mas basta! você não me deixará terminar esta frase e, portanto, com as antigas mensagens de amizade e admiração, eu encerro.

Maio de 1930

Notas

O texto aqui traduzido corresponde ao ensaio que Virginia escreveu, como ela mesmo explica, no lugar de uma introdução ou prefácio, ao livro *Life as We Have Known It* [*A vida tal como a conhecemos*], organizado pela amiga Margaret Llewelyn Davies e publicado pela Hogarth Press, em 5 de março de 1931. O mesmo ensaio, com variações, havia sido publicado, em setembro de 1930, na revista americana *Yale Review*, sob o título "Memórias de uma guilda de mulheres operárias".

Embora esta carta introdutória não esteja, aparentemente, ligada à gênese de *Três guinéus* (Autêntica, no prelo) e, por consequência, à sua versão resumida, "As mulheres devem chorar", ela preenche um hiato entre *A Room of One's Own* [*Um quarto todo seu*] e *Três guinéus*, não apenas ao tratar do papel das mulheres da classe operária no processo de transformação social, mas também ao abordar a natureza da relação da própria Virginia, em sua condição de "filha de um homem instruído", com as mulheres de uma classe social inferior à sua.

Em junho de 1913, os Woolfs, Virginia e Leonard, participaram, como ouvintes, do congresso anual da Women's Co-operative Guild [Guilda Cooperativa das Mulheres], em Newcastle, norte da Inglaterra, a convite de Margaret Llevelyn Davies, então secretária-geral da Guilda. Foi com base nas apresentações das associadas nesse congresso que, tal como narrado por Virginia em sua carta introdutória, Margaret Davies reuniu as cartas e memórias de algumas dessas mulheres no livro *Life as We Have Known It*.

A Guilda Cooperativa das Mulheres surgiu na esteira do movimento cooperativo britânico do final do século dezenove, que tinha como objetivo o estabelecimento de cooperativas de consumo formada com capital reunido pelos próprios consumidores e por eles administrada. A Guilda, fundada em 1883, teve origem na insatisfação das mulheres que, embora fossem responsáveis diretas pelas compras, eram totalmente excluídas da administração das cooperativas. Centrada, no seu início, na discussão de questões internas da administração das cooperativas, a Guilda expandiu seus objetivos para reivindicações mais amplas das mulheres, como ressalta Virginia no texto aqui reproduzido, no campo das políticas públicas e governamentais. Essa orientação da Guilda foi reforçada a partir de 1889, quando Margaret Llewelyn Davies tornou-se sua secretária-geral.

Da extensa literatura sobre o papel da Guilda no movimento cooperativo britânico e sobre a relação de Virginia Woolf com a Guilda e, sobretudo, com Margaret Llewelyn Davies, destaco: Alice Wood, "Facing *Life as We Have Known It*: Virginia Woolf and the Women's Co-operative Guild"; Barbara J. Blaszak, "The Women's Cooperative Guild, 1883-1921"; Barbara J. Blaszak, *The Matriarchs of the England's Cooperative Movement. A Study in Gender Politics and Female Leadership, 1883-1921*; Gillian Scott, *Feminism and the Politics of Working Women. The Women's Co-operative Guild, 1880's to the Second World War*; Carolyn Tilghman, "Autobiography as Dissidence: Subjectivity, Sexuality, and the Women's Co-operative Guild"; Naomi Black, "The Mother's International: The Women's Co-operative Guild and Feminist Pacifism".

Margaret Llewelyn (1861-1944) nasceu numa família de classe média e politicamente engajada. Estudou no Queen's College, em Londres e, depois, no Girton College, de Cambridge, a primeira faculdade feminina da Grã-Bretanha. Seu envolvimento com o movimento cooperativo britânico teve início quando ela se tornou secretária do escritório da Women's Co-operative Guild do bairro de Marylebone, Londres, de cuja igreja seu pai era pároco. Em 1889, foi eleita secretária-geral da Guilda, posto que conservou até 1921, quando renunciou ao cargo.

O texto aqui reproduzido em tradução foi publicado, juntamente com o texto da *Yale Review*, no volume 5 de *The Essays of Virginia Woolf*, coordenado por Stuart N. Clarke (p. 225-241 e p. 176-194), com abundantes notas, em que se baseiam algumas das minhas próprias notas.

---

[1] Mais precisamente, Newcastle upon Tyne, cidade situada no noroeste da Inglaterra, a 446 km de Londres.

² *Lord Mayor's chain*, no original: corrente usada pelo prefeito de cidades britânicas em ocasiões especiais.

³ Trades Board Act, no original.

⁴ O uso da primeira pessoa do plural é, aqui, uma possível alusão à presença do marido, Leonard Woolf.

⁵ Segundo David Bradshaw, em Virginia Woolf, *Selected Essays*, o escritório central da Guilda ficava, na época, no n.º 29 da Winchester Road, em Hampstead, Londres, que era também o local de residência de Margaret Llewelyn Davies.

⁶ A própria organizadora do livro *Life as We Have Known It*, Margaret Llewelyn Davies, dá seu depoimento sobre a sra. Kidd, no texto intitulado "A Guild Office Clerk" ["Uma escriturária da Guilda"] (p. 73-80), do qual cito o início: "Uma mulher excepcional – Harriet A. Kidd – trabalhou no escritório da Guilda de 1906 a 1917, quando morreu. De personalidade extraordinariamente forte e corajosa, com grande força de vontade, ela nunca se poupou na luta pelos direitos das mulheres e dos trabalhadores".

⁷ Lilian Harris (1866-1949), tesoureira da Guilda de 1893 a 1902 e, depois, até 1921, sua secretária assistente, foi companheira de Margaret Llewelyn Davies, secretária-geral da Guilda e organizadora do livro *Life as We Have Known It*.

⁸ "Damas" traduz, aqui e ao longo do texto, "*ladies*", no sentido de mulheres pertencentes à nobreza ou às classes abastadas.

⁹ Isto é, a realidade da vida operária, das minas e das fábricas, da vida atrás dos balcões e nas cozinhas.

¹⁰ Caso mencionado na carta da sra. Burrows, *Life as We Have Known It*, p. 114. Em seu relato, a sra. Burrows menciona "láudano" (tintura de ópio com efeito sedativo) em vez de "ópio".

¹¹ Na época, as caixas de fósforo eram confeccionadas pelas operárias em suas próprias casas e, depois, entregues, por elas, ao patrão, ocasião em que recebiam o pagamento pela tarefa.

¹² Referência a uma passagem do depoimento da sra. Layton ("Memórias de setenta anos"), p. 14 de *Life as We Have Known It*.

¹³ Passagem baseada no depoimento da sra. Layton, p. 11-12 de *Life as We Have Known It*.

¹⁴ Referência a uma passagem do relato da sra. Burrows ("Uma infância nas terras alagadiças por volta de 1850-1860"), p. 112 de *Life as We Have Known It*.

[15] Referência a uma passagem do depoimento da sra. Layton, p. 9 de *Life as We Have Known It*.

[16] Citação extraída do depoimento da sra. Layton, p. 15 de *Life as We Have Known It*.

[17] Citação extraída do depoimento da sra. Layotn, p. 18 de *Life as We Have Known It*.

[18] Citação de uma passagem do relato da sra. Scott ("Uma chapeleira"), p. 87 de *Life as We Have Known It*.

[19] Referência a uma passagem do relato da sra. Scott, p. 87-88 de *Life as We Have Known It*.

[20] A lista de leituras e autores ou autoras é extraída da seção "Livros lidos por várias mulheres da Guilda", p. 115 de *Life as We Have Known It*. A frase entre aspas é da sra. Hood, na mesma seção.

[21] Alusão a uma passagem do relato da sra. Scott, p. 87 de *Life as We Have Known It*.

[22] Citação extraída de uma passagem do relato da sra. Scott, p. 97 de *Life as We Have Known It*.

[23] Citação extraída do depoimento da sra. Layton, p. 13 de *Life as We Have Known It*.

[24] Citação extraída do relato da sra. Burrows, p. 111 de *Life as We Have Known It*.

[25] Citação extraída do relato sobre Harriet A. Kidd, feito por Margaret Llewelyn Davies, em *Life as We Have Known It*, p. 76.

II TEXTO

AS MULHERES DEVEM CHORAR... OU SE UNIR CONTRA A GUERRA

Parte I: As mulheres devem chorar

I

Seria uma pena deixar sem resposta uma carta tão notável quanto a sua – uma carta talvez única na história da correspondência humana, pois, quando teria, antes, um homem instruído perguntado a uma mulher como, em sua opinião, se poderia evitar a guerra? Façamos, pois, a tentativa, ainda que esteja condenada ao fracasso.

Façamos, em primeiro lugar, aquilo que todas as cartas instintivamente fazem, um esboço da pessoa a quem a carta é endereçada. Sem alguém cálido e respirando do outro lado da página, as cartas são inúteis. O senhor, pois, que faz a pergunta, é um pouco grisalho nas têmporas. Atingiu a meia-idade exercendo, não sem algum esforço, a advocacia; mas, em geral, sua jornada tem sido próspera. Não há nada de empedernido, mesquinho ou desgostoso em sua expressão. E sem querer lisonjeá-lo, sua prosperidade – esposa, filhos, casa – é merecida.

Quanto ao mais, iniciou sua educação em um dos grandes internatos privados, concluindo-a na universidade.

É aqui que surge a primeira dificuldade de comunicação entre nós. Indiquemos rapidamente a razão. Nós dois viemos do grupo que, nesta época de transição, na qual, embora a descendência seja mista, as classes ainda permanecem fixas, é conveniente chamar de classe instruída. Quando nos encontramos pessoalmente, falamos com o mesmo sotaque e conseguimos manter, sem muita dificuldade, uma conversa sobre as pessoas e a política, a guerra e a paz, o barbarismo e a civilização – questões todas, na verdade, sugeridas por sua carta. Além disso, ganhamos ambos a vida com nosso trabalho. Mas... esses três pontos assinalam um precipício, um abismo tão profundamente cavado entre nós que tenho estado aqui sentada, do meu lado, me perguntando se adianta alguma coisa tentar fazer minha fala chegar ao outro lado.

Aqui estamos preocupados tão somente com o fato óbvio, quando se trata de considerar a importante questão de como podemos ajudá-lo a evitar a guerra, de que a educação faz toda a diferença. Algum conhecimento de política, de relações internacionais, de economia é obviamente necessário para entender as causas que conduzem à guerra. A filosofia e até mesmo a teologia podem proveitosamente dar sua contribuição. Ora, a pessoa sem instrução, como o senhor concordará, o homem com uma mente pouco treinada provavelmente não poderia tratar dessas questões de maneira satisfatória. A guerra, como resultado de forças impessoais, está, pois, além da compreensão da mente pouco instruída, pouco treinada. Mas a guerra como resultado da natureza humana é outra coisa. Não acreditasse o senhor que a natureza humana, as razões, as emoções do homem e da mulher comum conduzem à guerra, não teria escrito pedindo nossa ajuda.

Felizmente há um ramo da educação que se inscreve sob a categoria de "educação sem custo" – aquele entendimento dos seres humanos e suas motivações que, desde que a palavra seja expurgada de suas associações científicas, se pode chamar de psicologia. Mas embora muitos instintos sejam tidos, em maior ou menor grau, como comuns a ambos os sexos, guerrear tem sido, desde sempre, hábito do homem, não da mulher. A educação e a prática transformaram aquilo que pode ser uma diferença psicológica em algo que pode ser uma diferença física – uma diferença de glândulas, de hormônios. Seja como for, um fato é indiscutível – raramente, no curso da história, um ser humano foi abatido pelo rifle de uma mulher; os pássaros e os animais foram e são, em sua grande maioria, mortos por vocês, não por nós.

Como, pois, vamos compreender o seu problema, e, se não conseguirmos, como poderemos responder a sua pergunta sobre como evitar a guerra? A resposta baseada em nossa experiência e nossa psicologia – por que guerrear? – não é uma resposta que tenha a mínima utilidade para vocês. Obviamente há, para vocês, alguma glória, alguma necessidade, alguma satisfação em guerrear, que nós nunca sentimos ou de que nunca extraímos prazer. Uma compreensão total só poderia ser alcançada por transfusão de sangue e transfusão de memória – um milagre ainda fora do alcance da ciência. Mas nós, que vivemos agora, temos um sucedâneo para a transfusão de sangue e a transfusão de memória que deve servir, em caso de necessidade. Há aquele maravilhoso, perpetuamente renovado e até agora amplamente inexplorado recurso para compreender as motivações humanas que é proporcionado em nossa época pela biografia e pela autobiografia e pelos jornais diários. É à biografia, pois, que nos voltaremos, em primeiro lugar, rápida e brevemente, para compreender o que a guerra significa para vocês.

Em primeiro lugar, isto, da vida de um soldado:

> Tive a mais feliz das vidas que se pode ter, e sempre trabalhei em prol da guerra, e agora entrei na maior de todas, na flor da idade, para um soldado.... Graças a Deus, partimos dentro de uma hora. Que regimento magnífico! Que homens, que cavalos! Dentro de dez dias, espero, Francis e eu estaremos cavalgando lado a lado em direção aos alemães.[1]

A isso acrescentemos estas palavras, da vida de um piloto de guerra:

> Falamos da Liga das Nações e das perspectivas de paz e desarmamento. Sobre esse assunto, ele não era propriamente militarista, mas marcial. A dificuldade para a qual não conseguia encontrar nenhuma resposta era que, se a paz permanente fosse alguma vez alcançada, os exércitos e as marinhas deixariam de existir, não haveria nenhum meio de vazão para as características viris que as batalhas desenvolveram, e a constituição humana e o caráter humano acabariam por se deteriorar.[2]

Aqui, pois, estão três motivos que levam o sexo que o senhor representa a lutar: a guerra é uma profissão; uma fonte de felicidade e grandes emoções; e também um meio de vazão das características viris, sem as quais os homens se deteriorariam. Mas esses sentimentos e opiniões não são, de modo algum, universalmente partilhados pelo sexo que o senhor representa; isso é demonstrado pelo seguinte extrato de outra biografia, a vida de um poeta que foi morto na guerra – Wilfred Owen:

> Tive uma iluminação que nunca será absorvida pelo dogma de nenhuma igreja nacional: a saber, que um dos mandamentos essenciais de Cristo era: Passividade a qualquer preço! Padeça desonra e desgraça, mas nunca recorra a armas. Seja maltratado, ultrajado, deixe-se matar; mas nunca mate.... Vê-se, assim, que o puro cristianismo nunca combinará com o puro patriotismo.[3]

E entre algumas notas para poemas que ele não viveu para escrever estão estas:

> A artificialidade das armas... A desumanidade da guerra... A insuportabilidade da guerra... A horrível bestialidade da guerra... A insensatez da guerra.[4]

A julgar por essas citações, é óbvio que o mesmo sexo sustenta opiniões diferentes sobre a mesma coisa. Mas é óbvio também, a julgar pelos jornais de hoje, que, não importa quantos dissidentes haja, os de seu sexo são, hoje, em sua grande maioria, a favor da guerra. Eles são da opinião de que Wilfred Owen estava equivocado; que é melhor matar do que se deixar matar. Entretanto, uma vez que a biografia mostra que são muitas as diferenças de opinião, é evidente que deve haver alguma razão preponderante na gênese dessa esmagadora unanimidade. Deveremos chamá-la, a bem da brevidade, de "patriotismo"? Mas a irmã do homem instruído – o que o "patriotismo" significa para ela? Tem ela as mesmas razões para se orgulhar da Inglaterra, para amar a Inglaterra, para defender a Inglaterra? Tem sido ela "imensamente abençoada" na Inglaterra?[5]

A história e a biografia, quando inquiridas sobre esses pontos, parecem demonstrar que o lugar dela na morada da liberdade tem sido distintamente diferente do lugar de seu irmão; e a psicologia parece sugerir que a história não deixa de ter seus efeitos sobre a mente e o corpo. Portanto, a interpretação que ela faz da palavra "patriotismo" pode muito bem diferir da dele. E essa diferença pode fazer com que se torne extremamente difícil para ela compreender a definição de patriotismo dada por ele e os deveres que ele impõe. Parece óbvio que pensamos diferente por termos nascido diferentes; há um ponto de vista do soldado e do piloto de guerra; um ponto de vista de um Wilfred Owen; o ponto de vista do patriota; e o ponto de vista da filha de um homem instruído. O próprio clero, que faz da moralidade sua profissão, nos dá conselhos divergentes – sob algumas circunstâncias é certo guerrear; sob nenhuma circunstância é certo guerrear.[6]

Mas além dessas imagens da vida e das opiniões de outras pessoas, dessas biografias e histórias, há também outras imagens – imagens de fatos atuais, fotografias. Fotografias não são, obviamente, argumentos dirigidos à razão; elas são simplesmente asserções factuais dirigidas aos olhos. Vejamos, pois, se quando olhamos para as mesmas fotografias sentimos as mesmas coisas.

Aqui, na mesa à nossa frente, há algumas fotografias. O governo espanhol as envia com paciente pertinácia mais ou menos duas vezes por semana![7] Não são fotografias agradáveis de se olhar. São fotografias de cadáveres, na maior parte. A coleção desta manhã contém uma que pode ser o corpo de um homem, ou de uma mulher; está tão mutilado que poderia ser, por outro lado, o corpo de um porco. Mas essas são certamente de crianças mortas, e aquilo é, sem dúvida, parte de uma casa. Uma bomba pôs a parede abaixo; ainda se vê uma gaiola de passarinho balançando onde ficava, supostamente, a sala de visitas, mas o resto da casa mais parece uma caixa de fósforos suspensa no ar.

Essas fotografias não constituem um argumento; são simplesmente exposições de fatos dirigidas aos olhos. Mas o olho está conectado com o cérebro, o cérebro com o sistema nervoso. Esse sistema envia suas mensagens como um raio, que atravessa cada uma das lembranças do passado e cada uma das sensações do presente. Quando olhamos para essas fotografias alguma fusão se dá dentro de nós; por mais diferentes que possam ser a educação e as tradições que nos embasam, nossas sensações, entretanto, são as mesmas. O senhor as chama de "horror e asco". Nós também as chamamos de horror e asco.[8] E as mesmas palavras nos vêm aos lábios. A guerra, diz o senhor, é uma abominação, um barbarismo; a guerra deve ser interrompida a qualquer preço. E nós ecoamos suas palavras. A guerra é uma abominação, um barbarismo; a guerra deve ser interrompida. Pois agora estamos, ao menos, olhando para a mesma imagem; estamos vendo com o senhor os mesmos cadáveres, as mesmas casas destroçadas.

Essa emoção, essa fortíssima emoção, parece exigir algo mais forte que um nome escrito numa folha de papel, uma hora desperdiçada ouvindo discursos, um cheque preenchido com uma quantia qualquer que possamos nos permitir gastar – digamos, um guinéu.[9] Algum método mais enérgico, algum método mais ativo de expressar nossa crença de que a guerra é bárbara, de que a guerra é desumana, de que a guerra, como disse Wilfred Owen, é insuportável, horrível e brutal, parece ser necessário. Mas, retórica à parte, de que método ativo dispomos?

Vocês, naturalmente, poderiam, uma vez mais, pegar em armas – na Espanha, por exemplo – em defesa da paz. Mas esse, supostamente, é um método que vocês rejeitaram. De qualquer maneira, esse método não está disponível para nós; tanto o Exército quanto a Marinha estão vedados ao nosso sexo. Tampouco nos é permitido fazer parte da Bolsa de Valores.[10] Assim, não podemos usar nem a pressão da força nem a pressão do dinheiro. Não podemos pregar sermões nem negociar tratados. E também, embora seja verdade que podemos escrever artigos ou enviar cartas para a imprensa, o controle da imprensa – a decisão sobre o que imprimir e o que não imprimir – está inteiramente nas mãos dos que pertencem ao seu sexo. É verdade que há vinte anos passamos a ser aceitas no Serviço Público e na Ordem dos Advogados;[11] mas nossa posição ali é ainda muito precária e nossa autoridade, mínima.

Não apenas somos incomparavelmente mais fracas do que os homens de nossa própria classe; somos mais fracas do que as mulheres da classe operária. Se as operárias do país dissessem: "Se forem à guerra, nós nos recusaremos a fabricar munições ou ajudar na produção de bens", a dificuldade de entrar em guerra aumentaria consideravelmente. Mas mesmo que todas as filhas dos homens instruídos deixassem de utilizar seus instrumentos de trabalho amanhã, nada de essencial, seja na vida da comunidade, seja no esforço bélico, seria perturbado. Nossa classe é a mais fraca de todas as classes do Estado nacional. Não temos nenhuma arma com a qual fazer valer nossa vontade – nenhuma arma a não ser uma influência ilusoriamente "indireta", o arduamente conquistado voto, e uma outra. Por alguma razão, nunca satisfatoriamente explicada, o direito ao voto, em si de modo algum desprezível, estava misteriosamente associado a outro direito, de um valor tão grande para as filhas dos homens instruídos, que praticamente todas as palavras do dicionário foram por ele transformadas, inclusive a palavra "influência". O senhor não julgará que essa afirmação é exagerada se explicarmos que ela se refere ao direito de ganhar a própria vida.

II

A filha do homem instruído tem agora ao seu dispor uma influência que é diferente de qualquer influência que tenha antes possuído. Não é a influência que a grande Lady, a Sereia,[12] possui; tampouco é a influência que a filha do homem instruído possuía quando não tinha direito ao voto; tampouco é a influência que possuía quando obteve o direito ao voto mas estava excluída do direito de ganhar a própria vida. É diferente porque é uma influência da qual o elemento da sedução foi removido. É diferente porque é uma influência da qual o elemento do dinheiro foi removido. Ela não precisa mais usar a sedução para obter dinheiro do pai ou do irmão. Uma vez que está além do poder de sua família puni-la financeiramente, ela pode expressar suas próprias opiniões. Em vez de admirações e antipatias, que eram muitas vezes inconscientemente ditadas pela necessidade do dinheiro, ela pode declarar seus genuínos afetos e desafetos. Ela está, finalmente, na posse de uma influência que é desinteressada. A questão que agora, portanto, tem de ser discutida é: como pode ela usar essa nova arma para ajudá-lo a evitar a guerra?

Aqui, o ano sagrado de 1919 vem mais uma vez em nosso socorro. Uma vez que esse ano pôs ao alcance das filhas dos homens instruídos da Inglaterra o direito de ganhar a vida, elas têm, finalmente, alguma influência verdadeira sobre a educação. Elas têm dinheiro para fazer contribuições a causas. Tesoureiras honorárias pedem sua ajuda. E quando tesoureiras honorárias pedem ajuda, é evidente que elas estão abertas à negociação. Para prová-lo, eis aqui, oportunamente, bem ao lado da sua, uma carta de uma delas, pedindo dinheiro para reconstruir uma faculdade feminina. Isso nos dá, imediatamente, o direito de dizer-lhe: "Só terão seu guinéu se ajudarem esse senhor, cuja carta também está à nossa frente, a evitar a guerra". Mas qual é o significado dessa frase – que condições devemos estabelecer? Que tipo de educação devemos pedir em troca?

Que tipo de educação ensinará as jovens a odiar a guerra? Que razão há para crer que uma educação universitária fará com que as pessoas instruídas se posicionem contra a guerra?

Uma vez que ela está pedindo dinheiro, e uma vez que quem doa tem o direito de impor condições, vamos correr o risco e esboçar uma carta à tesoureira honorária, estabelecendo as condições pelas quais ela terá o nosso dinheiro para ajudá-la a reconstruir sua faculdade. Eis aqui, pois, uma tentativa:

"Sua carta, senhora, tem estado à espera, sem resposta, por algum tempo. Mas surgiram algumas dúvidas e perguntas. Será que podemos apresentá-las à senhora, com a ignorância a que está sujeita uma outsider, mas com a franqueza que se espera de uma outsider quando solicitada a contribuir monetariamente? A senhora diz, pois, que está tentando arrecadar cem mil libras com as quais pretende reconstruir sua faculdade. Está a senhora tão atormentada com o problema de extrair delicadamente cem mil libras de um público indiferente que só consegue pensar em bazares e sorvetes, em morangos e creme?

"Permita-nos, pois, informá-la: estamos gastando trezentos milhões anualmente com o Exército e a Marinha. Pois há, de acordo com uma carta que está bem ao lado da sua, um grave risco de guerra. Como pode, pois, nos pedir seriamente que lhe dê dinheiro com o qual reconstruir sua faculdade? Que tem feito a sua faculdade para estimular os grandes fabricantes a patrociná-la? Têm vocês assumido um papel de liderança na invenção de implementos de guerra? Quão bem-sucedidas têm sido suas alunas em seu ramo, como capitalistas? Como, então, pode a senhora esperar que legados e doações consideráveis lhe sejam aportados?

"Considere também estas fotografias: são imagens de cadáveres e casas destroçadas. Com certeza, em vista destas perguntas e imagens, a senhora deve considerar muito cuidadosamente, antes de começar a reconstruir sua faculdade, qual é o objetivo da educação; que tipo de sociedade, que tipo de ser humano ela deve procurar produzir. De qualquer maneira, lhe enviarei um guinéu para a reconstrução de sua faculdade apenas se a senhora puder me convencer de ele será usado para produzir o tipo de sociedade, o tipo de pessoa que ajudará a evitar a guerra.

"Discutamos, pois, tão brevemente quanto possível o tipo de educação que se faz necessária. Ora, uma vez que a história e a biografia – a única evidência disponível a quem é uma outsider – parecem provar que a velha educação das faculdades não produz nem respeito especial pela liberdade nem aversão particular à guerra, está claro que vocês devem reconstruir a sua faculdade de maneira diferente. Ela é jovem e pobre; deixem, portanto, que ela tire vantagem dessas características e seja alicerçada na pobreza e na juventude. Obviamente, ela deve ser, portanto, uma faculdade experimental, uma faculdade ousada. Que seja construída de acordo com diretrizes próprias. Obviamente, deve ser construída não com pedra esculpida e vitrais, mas com algum material barato, facilmente combustível, que não acumule poeira nem perpetue tradições. Não tenham capelas. Não tenham museus e bibliotecas com livros acorrentados[13] e primeiras edições trancadas em armários envidraçados. Façam com que os quadros e os livros sejam novos e estejam sempre mudando. Deixem que ela seja redecorada por cada geração com suas próprias mãos, de forma barata. O trabalho das pessoas cheias de vida é barato; com frequência trabalham de graça simplesmente porque se lhes permite trabalhar.

"Depois, o que deveria ser ensinado na nova faculdade, a faculdade pobre? Não a arte de dominar outras pessoas; não a arte de mandar, de matar, de acumular terra e capital. Essas artes exigem muitíssimas despesas extraordinárias: soldos e uniformes e cerimônias. A faculdade pobre deve ensinar apenas as artes que podem ser ensinadas de maneira barata e praticadas por pessoas pobres – tais como a medicina, a matemática, a música, a pintura e a literatura. Deve ensinar as artes das relações humanas, a arte de compreender a vida e a mente de outros povos e as pequenas artes da conversação, do vestir-se, da culinária, que a elas estão associadas.

"O objetivo da nova faculdade, a faculdade barata, não deve ser segregar e especializar, mas combinar. Ela deve explorar as formas pelas quais a mente e o corpo podem ser postos a cooperar, a descobrir que combinações novas produzem totalidades novas na vida humana. As professoras devem ser recrutadas tanto entre as pessoas que sabem viver quanto entre as que sabem pensar. Não deve haver nenhuma dificuldade em atrair tais professoras. Pois não haveria nenhuma das barreiras da riqueza e da cerimônia, da publicidade e da competição, que agora fazem das antigas e ricas universidades lugares de habitação tão desagradáveis – cidades de discórdia, cidades onde isto está trancado a chave e aquilo preso a correntes, onde ninguém pode caminhar ou falar livremente por receio de transgredir alguma marca de giz, de desagradar algum dignitário."[14]

"Se a faculdade fosse pobre não teria nada a oferecer; a competição seria abolida. A vida seria livre e simples. As pessoas que gostam de aprender por aprender iriam para lá com prazer. Musicistas, pintoras, escritoras ensinariam lá, cobrando pouco, porque elas iriam aprender. O que poderia ser de maior auxílio para uma escritora, por exemplo, do que discutir a arte da escrita com pessoas que não estivessem pensando em exames ou diplomas ou na honra ou no lucro que a literatura poderia lhes trazer, mas na arte pela arte?

"E assim também seria com as outras artes e artistas. Elas viriam para a faculdade pobre porque esse seria um lugar no qual poderiam desenvolver suas próprias artes; no qual a associação entre as pessoas seria livre, não dividida de acordo com as deploráveis distinções entre rico e pobre, inteligente e estúpido, mas no qual todos os diferentes graus e tipos de mente, corpo e alma seriam considerados dignos de dar sua contribuição. Fundemos, pois, esta faculdade nova, esta faculdade pobre; na qual se busca aprender por aprender; na qual a publicidade foi abolida e não há diplomas, e aulas não são dadas e sermões não são pregados, e antigas e intoxicantes pompas e ostentações que produzem a competição e a inveja..."

Aqui a carta foi interrompida. Não foi por falta do que dizer; foi porque o rosto do outro lado da folha – o rosto que quem está escrevendo a carta sempre vê – parecia estar fixado, com certa melancolia, numa passagem de um livro importante: "As diretoras de escola preferem, portanto, docentes com nomes seguidos de pomposos títulos em letras maiúsculas, de forma que as estudantes de Newnham e Girton ficam em desvantagem na obtenção de emprego nas escolas".[15] A tesoureira honorária do Fundo de Reconstrução tinha seus olhos fixados nisso. "De que serve pensar em como uma faculdade pode ser diferente", parecia dizer, "se ela deve ser um lugar onde as estudantes são ensinadas a conseguir emprego?" "Tenham seus sonhos", ela parecia acrescentar, voltando-se bastante cansada para a mesa que estava decorando para algum evento, um bazar, presume-se, "disparem suas teorias, se isso lhes agrada, mas temos que encarar a realidade".

Esta, pois, era a "realidade" na qual seus olhos estavam fixados: deve-se ensinar as alunas a ganhar a própria vida. E uma vez que essa realidade significava que ela devia reconstruir sua faculdade na mesma linha que as outras, concluía-se que a faculdade destinada às filhas dos homens instruídos também deveria fazer com que a pesquisa produzisse resultados práticos que atraíssem legados e doações por parte de homens ricos; deveria aceitar a concessão de graus acadêmicos e o uso de capelos coloridos; deveria acumular uma grande riqueza; deveria excluir outras pessoas da partilha de sua riqueza; e, portanto, em quinhentos anos, mais ou menos, essa faculdade também deveria fazer a mesma pergunta que o senhor está fazendo agora: "Como, em sua opinião, conseguiremos evitar a guerra?".

Parecia um resultado indesejável; por que, então, contribuir com um guinéu para obtê-lo?

De qualquer maneira, essa pergunta já foi respondida. Nenhum guinéu, de dinheiro obtido com trabalho remunerado, deveria ser dado para reconstruir a faculdade conforme o antigo projeto; é igualmente certo que nenhum guinéu deveria ser gasto na construção de um prédio para a faculdade conforme um novo projeto; o guinéu deveria ter, portanto, a seguinte destinação: "Estopas. Gasolina. Fósforos". E esta observação deveria ser-lhe anexada: "Tomem este guinéu e com ele reduzam a faculdade a cinzas. Ateiem fogo às velhas hipocrisias. Deixem que a luz do prédio em chamas espante os rouxinóis e tinja de rubro os salgueiros. E deixem que as filhas dos homens instruídos dancem ao redor do fogo e empilhem braçadas e mais braçadas de folhas mortas sobre as chamas. E deixem que as mães delas venham às janelas do andar de cima e gritem: 'Deixem que arda! Deixem que arda! Pois estamos fartas dessa 'educação'!'."

Essa é a resposta um tanto canhestra e deprimente à nossa pergunta sobre se podemos pedir às autoridades das faculdades destinadas às filhas dos homens instruídos que usem sua influência através da educação para evitar a guerra. Parece que não podemos pedir-lhes para fazerem coisa alguma; elas devem seguir pela velha estrada em direção ao velho destino; nossa própria influência como outsiders só pode ser das mais indiretas. Se formos solicitadas a lecionar, podemos examinar muito cuidadosamente o objetivo desse ensino e nos recusar a ensinar qualquer arte ou ciência que estimule a guerra. Além disso, podemos expressar certo desprezo às capelas, aos graus acadêmicos e ao valor dos exames. Podemos dar a entender que um poema premiado ainda pode ter algum mérito a despeito de ter obtido um prêmio. Se formos convidadas a dar uma conferência, podemos nos recusar a promover o vão e vicioso sistema das conferências recusando-nos a dar conferências. E, naturalmente, se nos forem oferecidos títulos e honrarias, podemos recusá-los – como, aliás, em vista dos fatos, poderíamos proceder de maneira diferente?[16]

Mas não há como ignorar o fato de que no presente estado de coisas a maneira mais efetiva pela qual podemos ajudá-lo através da educação a evitar a guerra consiste em contribuir com dinheiro e tão generosamente quanto possível para a manutenção das faculdades das filhas dos homens instruídos. Pois, repetimos, se essas filhas não forem instruídas elas não poderão ganhar a própria vida; se não puderem ganhar a própria vida, ficarão, mais uma vez, restritas à instrução da casa privada;[17] e, se ficarem restritas à instrução da casa privada, irão, mais uma vez, exercer toda a sua influência, tanto consciente quanto inconscientemente, a favor da guerra.

III

Agora que demos um guinéu para reconstruir uma faculdade, devemos considerar se não há algo mais que possamos fazer para ajudá-lo a evitar a guerra. Deixe-me mostrar-lhe outra carta, uma carta tão genuína quanto a sua, uma carta que, por acaso, está ao lado da sua sobre a mesa.

Trata-se de uma carta de outra tesoureira honorária e também está pedindo dinheiro. "Poderia a senhora", escreve ela, "enviar uma contribuição [a uma sociedade que tem como objetivo ajudar as filhas dos homens instruídos a conseguir emprego nas profissões liberais] para nos ajudar na tarefa de ganhar a vida?" "Na falta de dinheiro", continua ela, "qualquer doação será aceitável – livros, frutas, ou roupas postas de lado que possam ser vendidas num bazar."[18] Se ela é tão pobre como indica essa carta, então a arma da opinião independente com a qual estivemos contando para ajudá-lo a evitar a guerra não é, digamos assim, uma arma muito poderosa. Por outro lado, a pobreza tem suas vantagens; pois se ela é pobre, tão pobre quanto aparenta, então podemos negociar com ela tal como negociamos com a irmã dela de Cambridge,[19] e exercer o direito, que têm os potenciais doadores, de impor condições.

Devemos descartar, como possíveis contribuintes, aquele grande grupo de mulheres para as quais o casamento é uma profissão, porque se trata de uma profissão não remunerada, e porque a quota espiritual de metade do salário do marido não é, como os fatos parecem mostrar, uma quota real. Portanto, se ele, como os fatos parecem mostrar, é a favor da força, ela também será a favor da força. Em segundo lugar, os fatos parecem demonstrar que a afirmação "ganhar 250 libras por ano é uma proeza até mesmo para uma mulher altamente qualificada e com anos de experiência" não é uma mentira consumada, mas uma verdade altamente provável.[20] Portanto, a influência que as filhas dos homens instruídos têm, no momento, com base em sua capacidade de ganhar dinheiro, não pode ser classificada como muito grande. Contudo, como é agora, mais do que nunca, óbvio que é a elas que devemos nos voltar em busca de ajuda, pois só elas podem nos ajudar, é a elas que devemos recorrer.

O senhor se recordará de que estamos usando nossa intuição psicológica (pois esta é a nossa única qualificação) para decidir quais são os traços da natureza humana mais suscetíveis de conduzir à guerra. E, por sua natureza, os fatos expostos acima nos fazem perguntar, antes de preenchermos nosso cheque, se, ao estimularmos as mulheres dos homens instruídos a ingressar nas profissões, não estamos estimulando aquelas mesmas características que desejamos evitar. Não deveríamos fazer com que nosso guinéu servisse para assegurar que em dois ou três séculos não apenas os homens instruídos das carreiras profissionais mas também as mulheres instruídas dessas carreiras façam – oh, a quem? como diz o poeta[21] – exatamente a mesma pergunta – como podemos evitar a guerra? – que fazemos agora? Eis aqui, pois, outra carta tentando impor condições à tesoureira honorária de uma sociedade que tem como objetivo ajudar as filhas dos homens instruídos a ingressar nas profissões:

"Senhora, recebi uma carta de um homem profissional nos pedindo para ajudá-lo a evitar a guerra. Além disso, o governo espanhol envia quase toda semana fotografias de cadáveres e casas destroçadas. É por isso que estou negociando e discutindo condições.

"Pois a evidência da carta e das fotografias, quando combinada com os fatos que a história e a biografia nos fornecem sobre as profissões, parece lançar certa luz – uma luz vermelha, devemos dizer – sobre essas mesmas profissões. Ganha-se dinheiro nelas, é verdade; mas em que medida o dinheiro, em vista desses fatos, é, por si mesmo, uma posse desejável?

"Se a riqueza extrema é indesejável e é indesejável a extrema pobreza, pode-se argumentar que há algum ponto intermediário entre as duas que seja desejável. Qual é, então, esse ponto intermediário – quanto dinheiro é preciso para se viver hoje em dia? E como deve esse dinheiro ser gasto? Que tipo de vida, que tipo de ser humano, a senhora propõe ter como meta se conseguir extrair esse guinéu?

"Passemos brevemente em revista as vidas dos homens profissionais que foram bem-sucedidos em sua profissão. Eis aqui uma passagem da vida de um grande advogado: 'Ele ia para o escritório por volta das nove e meia... Levava processos para casa... de maneira que devia se considerar feliz se conseguisse ir para a cama por volta de uma ou duas horas da madrugada'.[22] Isso explica por que quase não vale a pena sentar-se perto da maioria dos advogados de sucesso à mesa de jantar – eles ficam bocejando o tempo todo. Em seguida, eis aqui uma citação do discurso de um político famoso: 'Desde 1914 não vejo o espetáculo da floração, da primeira ameixeira à última macieira – nunca, desde 1914, vi uma única vez isso em Worcestershire, e se isso não é um sacrifício, não sei o que seria'.[23] Um sacrifício, de fato, e um sacrifício que explica a perene indiferença do governo para com as artes – ora, ministros de Estado devem ser tão cegos quanto morcegos.

"Considere, em seguida, a profissão religiosa. Eis aqui uma citação da vida de um grande bispo: 'Esta é uma vida horrível, que destrói a mente e a alma. Realmente não sei como vivê-la. As tarefas importantes, em atraso, se acumulam e entram em colisão'.[24] Isso corrobora o que tantas pessoas estão agora dizendo sobre a Igreja e a nação. Nossos bispos e deões parecem não ter nenhuma alma com a qual pregar e nenhuma mente com a qual escrever. Escute um sermão qualquer numa igreja qualquer, leia os artigos do deão Alington ou do deão Inge em qualquer jornal.[25]

"Considere, em seguida, a profissão de médico. 'Recebi bem mais de treze mil libras durante o ano, mas isso, possivelmente, não poderá ser mantido e, enquanto durar, será escravidão. O que mais sinto é ficar longe, com tanta frequência, de Eliza e das crianças, nos domingos e também no Natal'.[26] Essa é a queixa de um grande médico; e seu paciente pode certamente replicá-la, pois que especialista da Harley Street[27] tem tempo para compreender o corpo, para não falar da mente ou de ambos combinados, se ele é um escravo por treze mil libras por ano?

"Mas seria a vida de um escritor profissional melhor do que isso? Eis aqui uma amostra tomada da vida de um jornalista de grande sucesso: 'Um dia desses, a esta hora, ele escreveu um ensaio de 1.600 palavras sobre Nietzsche, um artigo de fundo do mesmo tamanho sobre a greve dos ferroviários para o *Standard*, 600 palavras para a *Tribune* e, no fim da tarde, estava na Shoe Lane'.[28] Isso explica, entre outras coisas, por que o público lê o noticiário político com ceticismo, e os autores leem as resenhas de seus livros com uma régua na mão – é a publicidade que conta; elogio ou desaprovação deixaram de ter qualquer sentido.

"Essas citações não provam nada que possa ser checado e verificado; elas simplesmente nos fazem ter opiniões. E essas opiniões nos fazem duvidar e criticar e questionar o valor da vida profissional: não seu valor monetário – esse é grande – mas seu valor espiritual, moral, intelectual. Elas nos fazem acreditar que se as pessoas são altamente bem-sucedidas em sua profissão elas perdem sua perspectiva, seu senso de proporção; elas estão presas dentro de uma caverna, cegas, aleijadas; ficam tão determinadas a ganhar dinheiro, em obter honrarias, que se tornam competitivas, possessivas, desconfiadas, belicosas e, portanto, tanto quanto podemos confiar no conhecimento psicológico de que dispomos, provavelmente se posicionarão a favor da guerra.

"Nós, as filhas dos homens instruídos, estamos entre a cruz e a caldeirinha. Às nossas costas estão o sistema patriarcal, a casa privada, com sua nulidade, sua imoralidade, sua hipocrisia, seu servilismo. À nossa frente estão o mundo público, o sistema profissional, com sua possessividade, sua inveja, sua beligerância, sua ganância. Um nos mantém presas como escravas num harém; o outro nos força a rodar, como lagartas enfileiradas,[29] rabo contra cabeça, dando voltas e voltas em torno da amoreira[30] – a árvore sagrada – da propriedade. É uma escolha entre dois males.

"Mas uma outra resposta, assentada nas prateleiras de sua própria biblioteca, pode estar bem diante de nós: ela está, uma vez mais, nas biografias. Desta vez, voltemo-nos para as vidas, não de homens, mas de mulheres do século dezenove – para as vidas de mulheres profissionais. Mas parece haver uma lacuna em sua biblioteca, minha senhora. Não existem vidas de mulheres profissionais no século dezenove.

"Quando Mary Kingsley diz: 'Ser-me permitido estudar alemão foi toda a educação paga que jamais tive',[31] ela sugere que teve uma educação não paga. Qual era, pois, a natureza dessa 'educação não paga' que, para o bem ou para o mal, tem sido a nossa por tantos séculos? Se reunirmos as vidas das mulheres obscuras[32] que estavam por detrás de quatro vidas que não foram obscuras, mas foram tão bem-sucedidas e notáveis que foram efetivamente escritas – a vida de Florence Nightingale, da srta. Clough, de Mary Kingsley e de Gertrude Bell[33] – parece inegável que foram todas educadas pelas mesmas mestras. E essas mestras, indica a biografia, oblíqua e indireta, mas, não obstante, enfática e indisputavelmente, foram a pobreza, a castidade, a irrisão e – mas que palavra abrange 'ausência de direitos e privilégios'? Devemos nós, uma vez mais, arregimentar a velha palavra 'liberdade'? A 'liberdade relativamente a lealdades irreais', pois, foi a quarta de suas mestras – aquela liberdade relativamente à lealdade às velhas escolas, às velhas faculdades, às velhas igrejas, aos velhos países, de que todas essas mulheres desfrutaram e de que, em grande medida, nós ainda desfrutamos.

"Qual das duas educações, qual das duas profissões, a paga ou a não paga, é a melhor, é uma questão que não temos tempo agora para analisar. Assim, a biografia, quando se lhe fez a pergunta que lhe fizemos – como podemos ingressar nas profissões e ainda assim continuarmos sendo seres humanos civilizados, seres humanos que desencorajam a guerra? – pareceu responder: Se vocês se recusarem a se separar das quatro grandes mestras das filhas dos homens instruídos – a pobreza, a castidade, a irrisão e a liberdade relativamente a lealdades irreais – mas combinarem-nas com alguma riqueza, algum conhecimento e alguma dedicação às lealdades reais, então vocês poderão ingressar nas profissões e escapar dos riscos que as tornam indesejáveis.

"Sendo essa a resposta do oráculo, essas são as condições vinculadas a esse guinéu. A senhora o terá, recapitulemos, sob a condição de que ajude todas as pessoas devidamente qualificadas, de qualquer sexo, classe ou cor, a ingressar na mesma profissão que a sua; e, além disso, sob a condição de que, na prática de sua profissão, a senhora se recuse a se separar da pobreza, da castidade, da irrisão e da liberdade relativamente a lealdades irreais.

"Por pobreza entenda-se dinheiro suficiente com o qual viver. Isto é, deve-se ganhar o suficiente para ser independente de qualquer outro ser humano e comprar aquele mínimo de saúde, lazer, conhecimento, e assim por diante, que é necessário para o pleno desenvolvimento do corpo e da mente. Mas não mais do que isso. Nem um pêni a mais.

"Por castidade entenda-se que quando se ganhou o suficiente com o qual viver de sua profissão é preciso se recusar a vender o cérebro por dinheiro. Isto é, deve-se deixar de praticar sua profissão; ou praticá-la em benefício da pesquisa e da experimentação; ou, quando se é artista, em benefício da arte; ou dar o conhecimento adquirido profissionalmente aos que dele necessitam, sem nada cobrar. Mas assim que a amoreira começar a fazê-la rodar, desprenda-se. Ataque a árvore às gargalhadas.

"Por irrisão – uma péssima palavra, mas, como já foi observado, nossa língua está muito necessitada de palavras novas – entenda-se que se deve recusar todos os métodos de proclamar o seu mérito, e sustentar que o ridículo, a obscuridade e a censura são preferíveis, por razões psicológicas, à fama e ao louvor. Assim que insígnias, comendas ou títulos lhe forem oferecidos, atire-os de volta no rosto de quem os concedeu.

"Por liberdade relativamente a lealdades irreais entenda-se que você deve fazer tudo o que puder para se livrar, antes de mais nada, do orgulho da nacionalidade; e também do orgulho religioso, do orgulho de pertencer a uma faculdade, do orgulho de pertencer a uma escola, do orgulho de pertencer a uma família, do orgulho de pertencer a um sexo, e daquelas lealdades irreais que deles nascem. Assim que os sedutores chegarem com suas seduções para persuadi-la ao cativeiro, rasgue os pergaminhos e se recuse a preencher os formulários.

"Pois se a senhora concordar com esses termos, então poderá se incorporar às profissões e, ainda assim, continuar incontaminada por elas; poderá se livrar de sua possessividade, sua inveja, sua beligerância, sua ganância. Poderá usá-las para ter uma mente e uma vontade próprias. E poderá usar essa mente e essa vontade para abolir a desumanidade, a brutalidade, o horror, a insensatez da guerra. Tome, pois, esse guinéu e o utilize, não para reduzir a casa a cinzas, mas para fazer suas janelas resplandecerem. E deixe que as filhas das mulheres não instruídas dancem em volta da nova casa, a casa pobre, a casa que fica numa rua estreita pela qual passam os ônibus e onde os vendedores ambulantes anunciam suas mercadorias e as vozes dos navios chegam do rio, e deixe que elas cantem: 'Estamos fartas da guerra! Estamos fartas da tirania!' E, de seus túmulos, suas mães darão risadas: 'Foi para isso que sofremos infâmia e desprezo! Iluminem, filhas, as janelas da nova casa! Façam com que resplandeçam!'.

"Essas são, pois, as condições sob as quais lhe dou este guinéu para ajudar as filhas das mulheres não instruídas a ingressar nas profissões.

É uma vela de um pêni, só isso, mas que pode ajudar a lançar luz sobre essas fotografias de cadáveres e casas destroçadas e a assegurar que nenhuma outra geração será forçada a ver o que nós vimos."

Esta, senhor, foi a carta finalmente enviada à tesoureira honorária da sociedade para ajudar as filhas dos homens instruídos a ingressar nas profissões. Essas são as condições sob as quais ela terá o seu guinéu. Elas foram concebidas, tanto quanto possível, de forma a assegurar que ela fará tudo que estiver ao seu alcance para ajudá-lo a evitar a guerra. Como o senhor verá, era necessário responder a carta enviada por ela e a carta da tesoureira honorária do fundo de reconstrução da faculdade, e enviar a cada uma delas o seu guinéu, antes de responder a carta enviada pelo senhor, porque, a menos que elas recebam ajuda, primeiro, para educar as filhas dos homens instruídos e, depois, para ganhar a própria vida nas profissões, essas filhas não poderão desfrutar de uma influência independente e desinteressada que lhes permita ajudá-lo a evitar a guerra. As causas, ao que parece, estão interligadas.

Parte II: As mulheres devem chorar...
Ou se unir contra a guerra

I

Na notável carta na qual o senhor, como homem instruído, pede às filhas dos homens instruídos uma opinião sobre como evitar a guerra, o senhor sugere certas medidas práticas pelas quais podemos ajudá-lo a evitar a guerra. Elas consistem, ao que parece, em assinarmos um manifesto prometendo "proteger a cultura e a liberdade intelectual",[34] e em aderirmos a certa sociedade, devotada a certas medidas cujo objetivo, é desnecessário dizê-lo, é manter a paz – uma sociedade que, como as outras, é desnecessário dizê-lo, está precisando de fundos.

Demos, na medida do possível, uma opinião sobre como, pelo uso de nossa influência sobre a educação e as profissões liberais, podemos ajudá-lo a evitar a guerra. Agora devemos examinar como, ao proteger a cultura e a liberdade intelectual, podemos ajudá-lo a evitar a guerra, uma vez que o senhor nos assegura que há uma conexão entre essas palavras um tanto abstratas e essas fotografias tão concretas da Espanha – as fotografias de cadáveres e casas destroçadas.

Mas se foi surpreendente ser solicitada a dar uma opinião sobre como evitar a guerra, é ainda mais surpreendente ser solicitada a ajudá-lo a proteger a cultura e a liberdade intelectual. Pois não é verdade que as filhas dos homens instruídos depositaram no Fundo de Educação de Arthur,[35] de 1262 a 1870,[36] todo o dinheiro que era necessário para elas próprias serem educadas, excetuando-se aquelas míseras quantias que serviam para pagar as preceptoras, a professora de alemão e a professora de dança? E contudo eis que surge sua carta informando-lhes que toda essa vasta soma, essa fabulosa soma – pois, seja ela calculada diretamente em moeda sonante, seja indiretamente em coisas que não a envolvem, a soma que sustenta o fundo educacional de seus irmãos é imensa – tem sido desperdiçada ou indevidamente aplicada. Se os internatos e as universidades, com sua enorme riqueza e sua complexa engrenagem para o treinamento da mente e do corpo, fracassaram, que razão haveria para pensar que sua sociedade, embora patrocinada, como é, por nomes ilustres, será bem-sucedida, ou que seu manifesto, assinado, como é, por nomes ainda mais ilustres, irá provocar conversões?

Pedir às filhas dos homens instruídos que precisam ganhar a vida lendo e escrevendo que assinem seu manifesto de nada serviria à causa da cultura desinteressada e da liberdade intelectual, porque, tão logo o assinassem, elas deveriam estar a postos na escrivaninha escrevendo aqueles livros, discursos e artigos pelos quais a cultura é prostituída e a liberdade intelectual é escravizada.

Torna-se, assim, claro, senhor, que devemos fazer nosso apelo apenas àquelas filhas dos homens instruídos que têm o suficiente com que viver. Mas, pode muito bem perguntar essa mulher, o que quer dizer esse cavalheiro com cultura "desinteressada", e como irei eu, na prática, proteger essa cultura e a liberdade intelectual?

Vamos remetê-la à tradição que tem sido honrada na casa privada por tanto tempo – a tradição da castidade. "Estamos lhe pedindo, senhora, que prometa não cometer o adultério do cérebro porque se trata de uma ofensa muito mais séria que a outra."

"O adultério do cérebro", pode ela replicar, "significa escrever por dinheiro o que não quero escrever. Portanto, vocês me pedem que diga não a todos os diretores de jornal, donos de editora, organizadores de palestras, e assim por diante, que tentam me persuadir a escrever ou falar por dinheiro o que não quero escrever ou falar?"

"É isso mesmo, senhora; e lhe pedimos também que, caso venha a receber propostas desse tipo, a senhora se mostre ofendida ou as denuncie tal como se mostraria ofendida ou denunciaria, tanto para o seu próprio bem como para o bem de outras, propostas para vender o seu corpo. Mas gostaríamos que observasse que o verbo 'adulterar' significa, segundo o dicionário, 'falsificar, pelo acréscimo de ingredientes inferiores'. O anúncio e a publicidade também provocam adulteração. Assim, a cultura misturada com a sedução pessoal e a cultura misturada com o anúncio e a publicidade também são formas adulteradas de cultura. Devemos pedir-lhe que as repudie; que não se apresente em tribunas públicas; que não permita que sua figura privada, assim como detalhes de sua vida privada, apareçam em publicações;[37] que não se valha, em suma, de quaisquer das formas de prostituição da mente que são tão insidiosamente sugeridas pelos cafetões e alcoviteiros do ramo do comércio de cérebros. E medalhas, honrarias, títulos – todos os badulaques e papeluchos pelos quais o mérito cerebral é anunciado e certificado – devemos pedir-lhe que os recuse terminantemente, uma vez que são todos indícios de que a cultura se prostituiu e a liberdade intelectual se rendeu ao comércio da escravidão.

"A prensa tipográfica caseira é hoje uma realidade e não está fora do alcance de um orçamento modesto. Máquinas de escrever e mimeógrafos são hoje uma realidade e são ainda mais baratos. Ao fazer uso desses instrumentos baratos e, por enquanto, lícitos, a senhora pode se livrar de uma vez por todas da pressão de comissões e diretrizes editoriais e de editores. Esses instrumentos expressarão a sua própria mente, em suas próprias palavras, ao seu próprio ritmo, à sua própria medida, ao seu próprio comando. E essa, estamos de acordo, é nossa definição de 'liberdade intelectual'."

"Mas", pode ela dizer, "e o público? Como pode ele ser atingido sem que eu precise enfiar meu cérebro na máquina de moer e transformá-lo em linguiça?"

"O público, minha senhora", podemos assegurar-lhe, "é muito parecido conosco; mora em quartos; anda pelas ruas e, sabe-se, além disso, que está farto de linguiças. Enfie panfletos pelas janelinhas dos porões; exponha-os em barracas; circule com eles pelas ruas em carrinhos de mão para vendê-los por um pêni ou simplesmente distribuí-los de graça. Encontre novas formas de se aproximar do público; individualize-o em pessoas separadas em vez de juntá-lo num monstro único, de corpo volumoso e mente débil. E, então, reflita – uma vez que a senhora tem o suficiente com que viver; tem um quarto, não necessariamente 'aconchegante' ou 'lindo', mas ainda assim silencioso, privado; um quarto no qual, a salvo da publicidade e seu veneno, a senhora pode, até mesmo cobrando uma quantia razoável pelo serviço, falar a verdade a artistas, escritoras, sobre pinturas, músicas, livros, sem receio de afetar suas vendas, que são exíguas, ou ferir a vaidade delas, que é notória. Não são as pessoas, privadamente, os melhores críticos, e não é a crítica oral a única crítica que vale a pena se ter?

"Essas são, pois, algumas das formas ativas pelas quais a senhora, como escritora de sua própria língua, pode colocar sua opinião em prática. Mas se a senhora for passiva – uma leitora, não uma escritora – então deve adotar não métodos ativos mas passivos de proteger a cultura e a liberdade intelectual."

"E quais seriam eles?", perguntará ela.

"Abster-se, obviamente. Não assinar jornais que encorajem a escravidão intelectual; não assistir a palestras que prostituam a cultura; pois concordamos que escrever sob as ordens de outrem o que não se quer escrever é ser escravizada, e misturar a cultura com sedução pessoal ou publicidade é prostituir a cultura. Por meio dessas medidas ativas e passivas a senhora faria tudo que está ao seu alcance para romper o circuito, o círculo vicioso, a interminável dança em torno da amoreira – a árvore venenosa da prostituição intelectual.

"Uma vez rompido o circuito, a prisioneira será libertada. Pois quem pode duvidar que, se as escritoras tivessem a chance de escrever o que gostam de escrever, elas achariam isso tão mais agradável que se recusariam a escrever sob quaisquer outras condições; e quem pode duvidar que se as leitoras tivessem a chance de ler o que as escritoras gostam de escrever, achariam isso tão mais revigorante do que aquilo que é escrito por dinheiro que se recusariam a continuar se satisfazendo com o insosso sucedâneo?"

II

Consideremos agora, senhor, seu último e inevitável pedido: darmos uma contribuição aos fundos de sua sociedade. Com sua carta à nossa frente, temos sua garantia de que estará lutando ao nosso lado, não contra nós. Esse fato é tão inspirador que exige uma celebração. O que poderia ser mais apropriado, agora que podemos enterrar a velha palavra "feminista", do que escrever mais palavras mortas, palavras corrompidas, palavras obsoletas, em folhas de papel e queimá-las – as palavras "tirano", "ditador", por exemplo? Lamentavelmente, essas palavras ainda não estão obsoletas. Ainda podemos ver traços de ditadura revelados nos jornais, sentir ainda um odor peculiar e inconfundível de tirania masculina na região de Whitehall e Westminster.[38]

E no exterior o Monstro veio mais abertamente à tona. Ali não há como confundi-lo. Ele aumentou seu âmbito de atuação. Agora ele está interferindo na liberdade de vocês; agora ele está ditando como devem viver; ele está fazendo distinções não apenas entre os sexos, mas também entre as raças. Vocês sentem na carne o que nossas mães sentiram quando foram excluídas, quando foram caladas, porque eram mulheres. Agora vocês estão sendo excluídos, estão sendo calados, porque são judeus, porque são democratas, por causa da raça, por causa da religião.

Não é mais uma fotografia que estão olhando; ali vão *vocês*, acompanhando pessoalmente a procissão. E isso faz diferença.

A absoluta iniquidade da ditadura, seja em Oxford ou Cambridge, seja em Whitehall ou Downing Street, contra os judeus ou contra as mulheres, na Inglaterra ou na Alemanha, na Itália ou na Espanha, é agora visível para vocês. Mas agora estamos lutando juntos. Esse fato é tão inspirador, mesmo que nenhuma celebração seja ainda possível, que se este guinéu que o senhor pediu pudesse ser multiplicado um milhão de vezes, todos esses guinéus deveriam estar à sua disposição sem quaisquer condições a não ser as que o senhor impôs a si mesmo. Tome, pois, este guinéu e o utilize para afirmar "os direitos de todos – todos os homens e todas as mulheres – ao respeito individual dos grandes princípios da Justiça e da Igualdade e da Liberdade".

Resta apenas mais uma solicitação sua a ser analisada – a de que devemos preencher um formulário e fazer parte de sua sociedade. O que pode haver de mais simples do que preencher um formulário e se juntar à sociedade à qual este guinéu acabou de ser concedido? À primeira vista, quão fácil, quão simples; mas no fundo, quão difícil, quão complicado...

A sociedade é muito menos satisfatória para nós, mulheres, que temos partilhado, em comparação com vocês, de pouquíssimos de seus bens, de muitíssimos de seus males. Inevitavelmente, portanto, vemos a sociedade como uma forma inadequada que distorce a verdade, deforma a mente, agrilhoa a vontade. Inevitavelmente vemos a sociedade como conspirações e conglomerados que fazem murchar o irmão privado,[39] que muitas de nós temos motivos para respeitar, e inflam, em seu lugar, um macho monstruoso, de voz forte e punhos duros, infantilmente decidido a traçar com giz, no chão do mundo, demarcações, a passar por ritos místicos e a desfrutar do duvidoso prazer do poder e da dominação, enquanto nós, "as mulheres deles", ficamos firmemente trancadas no interior da casa privada.

Por essas razões, que não são pura razão mas parte emoção e parte lembrança – pois quem analisará a complexidade da mente que mantém agora dentro dela um reservatório do tempo passado? – parece impossível preencher seu formulário e juntar-se à sua sociedade.

Pois, ao fazê-lo, estaríamos simplesmente nos incorporando a vocês; seguindo e retomando e marcando mais profundamente os velhos e gastos sulcos nos quais a sociedade, como um gramofone cuja agulha emperrou, despeja com intolerável unanimidade: "trezentos milhões gastos em armas".

Esbocemos, pois, rapidamente, em linhas gerais, o tipo de sociedade que as filhas dos homens instruídos podem fundar e à qual podem se juntar, separada da sua, mas em cooperação com seus fins. Em primeiro lugar, essa nova sociedade, o senhor ficará aliviado em saber, não teria nenhuma tesoureira honorária, pois não precisaria de nenhum fundo. Não teria nenhum escritório, nenhuma comissão, nenhuma secretária, nem mesmo papel de carta. Não convocaria nenhuma reunião; não realizaria nenhuma conferência. Se é para ter um nome, poderia ser chamada de Sociedade das Outsiders. Ela se comporia de filhas de homens instruídos, trabalhando em sua própria classe – como, na verdade, poderiam elas trabalhar em qualquer outra? – e segundo seus próprios métodos, em prol da liberdade, da igualdade e da paz.

Seu primeiro dever, com o qual não se comprometeriam através de nenhum juramento, seria, naturalmente, o de não pegar em armas. É fácil para elas cumpri-lo, pois, na verdade, como nos informam os jornais, "o Conselho Militar não tem nenhuma intenção de iniciar o processo de recrutamento para nenhum batalhão feminino". Depois, elas se recusariam, no caso de guerra, a produzir munições ou a cuidar dos feridos. O terceiro dever com o qual se comprometeriam é de dificuldade considerável, e requer não apenas coragem e iniciativa, mas também o conhecimento específico que tem a filha do homem instruído. Trata-se, em resumo, não de incitar seus irmãos a lutar, ou dissuadi-los disso, mas de manter uma atitude de total indiferença. Como lutar é, claramente, uma característica sexual de que a mulher não pode compartilhar – a contraparte, sustentam alguns, do instinto maternal, de que o homem não pode compartilhar – trata-se, portanto, de um instinto que ela não pode julgar. A Outsider, deve, portanto, deixar seu irmão livre para tratar sozinho desse instinto.

Mas a Outsider terá como dever basear sua indiferença não simplesmente no instinto, mas na razão e nos fatos. E ela aplicará essa norma ao seu próprio caso. Como, na maioria dos países, ela perde a nacionalidade após o casamento, ela insistirá que se trata, em geral, de uma vantagem, uma vez que qualquer formulário que estampe a marca da nacionalidade numa pessoa livre é um estigma – uma restrição em vez de uma liberação. Ela se comprometerá a não participar de nenhuma demonstração patriótica; a não consentir com qualquer forma que seja de autoglorificação nacional; a não fazer parte de qualquer claque ou plateia que estimule a guerra, ausentando-se de exibições militares, torneios, premiações e quaisquer cerimônias desse tipo que estimulem o desejo de impor nossa civilização ou "nosso" domínio sobre outros povos.

III

Mas há outra maneira pela qual as Outsiders podem se obrigar a cumprir esse dever – uma maneira mais afirmativa, embora ainda mais difícil. E essa maneira consiste em ganhar a própria vida; em continuar a ganhar a própria vida enquanto a guerra estiver em andamento. A história está aí para nos assegurar que este método tem uma influência psicológica, uma grande força dissuasiva sobre os belicistas. Na última guerra, as filhas dos operários provaram isso ao mostrar que podiam fazer o trabalho de seus irmãos durante sua ausência. Elas provocaram, assim, sua desconfiança e sua ansiedade com a perspectiva de que as vagas deles pudessem ser permanentemente preenchidas em sua ausência, e lhe proporcionaram um forte incentivo para terminar a guerra.

Assim, uma Outsider deve ter como tarefa fazer pressão em favor de um salário digno em todas as profissões agora disponíveis para o seu sexo; além disso, ela deve criar novas profissões nas quais ela possa adquirir o direito a uma opinião independente. Ela deve, portanto, se comprometer a fazer pressão por um salário em espécie para as trabalhadoras não remuneradas de sua própria classe – as filhas e irmãs dos homens instruídos que atualmente são pagas pelo sistema do escambo, com casa e comida e a ninharia de quarenta libras por ano. Mas ela deve fazer pressão, sobretudo, para que o Estado pague, por lei, um salário às mães dos homens instruídos. É o meio mais eficaz pelo qual podemos assegurar que as mulheres casadas tenham uma mente e uma vontade próprias, com as quais, se a mente e a vontade dele forem boas aos olhos dela, apoiar o marido e, se más, opor-lhe resistência – e, em qualquer caso, deixar de ser "a mulher dele", e ser ela mesma.

Considere, ainda que correndo o risco de uma digressão, que efeito esse salário, proposto para aquelas cuja profissão é o casamento e a maternidade, teria sobre a taxa de natalidade, na própria classe em que a taxa de natalidade está caindo, na própria classe em que os nascimentos são desejáveis – a classe instruída. Da mesma forma que o aumento do soldo pago aos soldados resultou, como dizem os jornais, em mais recrutas para as forças armadas, o mesmo incentivo contribuiria para o recrutamento das forças gestantes que, é impossível negá-lo, são igualmente necessárias e igualmente honrosas, mas que, dada a pobreza e suas privações, estão atualmente deixando de atrair recrutas. Se o Estado pagasse à sua esposa um salário mínimo por seu trabalho (que, por mais sagrado que seja, dificilmente pode ser chamado de mais sagrado que o de clérigo; contudo, assim como o trabalho dele é pago sem menoscabo, o dela também poderia sê-lo) – se esse passo fosse dado, sua própria escravidão seria aliviada. Não precisariam ir mais para o escritório às nove e meia e ficar lá até as seis. Não seriam mais aquele que faz visitas médicas aos sábados, não seriam mais o albatroz no pescoço da sociedade,[40] o viciado em compaixão, o depauperado escravo do trabalho implorando para ser reabastecido; ou, como diz Herr Hitler, o herói precisando de recreação, ou, como diz o Signor Mussolini, o guerreiro ferido precisando de dependentes do sexo feminino para enfaixar suas feridas. Mas, uma vez que foi preciso gastar trezentos milhões, mais ou menos, com as forças armadas, tal despesa com salários para as mães é, obviamente, para usar uma palavra conveniente utilizada pelos políticos, "impraticável", e é hora de voltar para projetos mais viáveis.

As Outsiders se comprometeriam, pois, não apenas a ganhar a própria vida, mas também a ganhá-la tão habilmente que sua recusa a ganhá-la seria matéria de preocupação para o chefe. Também se comprometeriam a não ingressar em qualquer profissão hostil à liberdade, tal como a de fabricação ou aperfeiçoamento de armas de guerra. E se comprometeriam a não assumir cargos ou aceitar títulos honoríficos de qualquer instituição que, embora professando respeito à liberdade, a restringe, como as universidades de Oxford e Cambridge.[41] E em tudo isso, e em muito mais, que não temos tempo de detalhar, elas seriam assistidas, o senhor há de concordar, por sua posição de Outsiders, por aquela liberdade relativamente a lealdades irreais, por aquela liberdade relativamente a motivos interessados, que lhes são atualmente asseguradas pelo Estado.

Em termos gerais, a principal distinção entre nós, que estamos fora da sociedade, e vocês, que estão dentro da sociedade, é que, enquanto vocês farão uso dos meios proporcionados por sua posição – ligas, conferências, campanhas públicas, nomes ilustres, e todos os recursos públicos desse tipo que sua riqueza e influência política colocam ao seu alcance – nós, ficando de fora, faremos experimentos não publicamente, com meios públicos, mas privadamente, com meios privados.

IV

Examinemos três experimentos apenas, para que possamos provar nossa afirmação de que a Sociedade das Outsiders está ativa.

> Falando num bazar, na última semana, na Igreja Batista Comum de Plumstead, a prefeita [de Woolwich] disse: ... "Eu mesma não cerziria sequer uma meia para ajudar no esforço de guerra". Comentários desse tipo são considerados ofensivos pela maioria do público de Woolwich, que pensa que a prefeita foi, no mínimo, um tanto indelicada. Cerca de 12.000 eleitores de Woolwich estão empregados no Arsenal de Woolwich, fabricando armamentos.
>
> Falando sobre o trabalho das grandes associações voluntárias para a prática de certos jogos, a srta. Clarke [srta. E. R. Clarke, do Conselho de Educação] referiu-se às organizações de mulheres em prol do hóquei, do lacrosse, do netball e do críquete, e destacou

> que, de acordo com suas regras, não é permitido conceder taça ou prêmio de qualquer tipo ao time vencedor. As balizas de suas partidas podem ser um pouco menores que as utilizadas nas partidas masculinas, mas as atletas jogavam por puro prazer, e pareciam provar que taças e prêmios não são necessários para estimular o interesse, pois o número de jogadoras continuava a crescer regularmente a cada ano.

Como terceiro exemplo, vamos escolher o que podemos chamar de experimento da passividade.

> Uma mudança notável na atitude das mulheres jovens para com a igreja foi discutida pelo cônego F. R. Barry, vigário da igreja St. Mary the Virgin [University Church] em Oxford, na noite passada... A tarefa que a Igreja tinha diante de si, disse ele, era nada menos do que a de moralizar a civilização, e se tratava de uma grande tarefa cooperativa que exigia tudo aquilo com que os cristãos pudessem contribuir. Ela simplesmente não podia ser levada a efeito apenas pelos homens. Por um século, ou por um par de séculos, as mulheres predominaram nas congregações, na proporção, mais ou menos, de 75 para 25 por cento. A situação estava agora mudando, e o que o arguto observador notaria em quase todas as igrejas da Inglaterra era a escassez de mulheres jovens... Entre a população estudantil as mulheres jovens estavam, de modo geral, muito mais distanciadas da Igreja da Inglaterra e da fé cristã do que os homens jovens.

Trata-se, como dissemos, de um experimento passivo. Pois enquanto o primeiro exemplo era uma recusa direta a cerzir meias, que tinha como objetivo desencorajar a guerra, e o segundo, uma tentativa de estimular o interesse não competitivo nos jogos, o terceiro é uma tentativa de verificar o que aconteceria se as filhas dos homens instruídos deixassem de frequentar a igreja. Sem ser, em si, mais valioso do que os outros, é de interesse mais prático porque se trata, obviamente, do tipo de experimento que grande número de Outsiders pode pôr em prática sem muita dificuldade ou risco para elas. (Saber quanta luz isso lança sobre o poder que têm as Outsiders de abolir ou modificar outras instituições que elas desaprovam; ou saber se, no caso de elas deixarem de comparecer a banquetes, os banquetes deixarão de ser consumidos; se, no caso de elas rejeitarem títulos honoríficos, o sexo que o senhor representa também os recusará; se, no caso de elas deixarem de frequentar palestras sobre a literatura inglesa, essas palestras deixarão de ser dadas e a literatura inglesa ganhará uma nova vitalidade – são perguntas, perguntas frívolas, que podem muito bem funcionar como diversão e estimular nossa curiosidade.)

Os resultados de um desses experimentos são positivos e encorajadores: não há nenhuma dúvida de que a Igreja está ficando preocupada com a atitude, evidente nas universidades, das filhas dos homens instruídos relativamente à Igreja. Temos o relatório da Comissão dos Arcebispos sobre o Ministério das Mulheres[42] para prová-lo.

Quando, no ano de 1935, as filhas dos homens instruídos disseram que desejavam ter acesso à profissão religiosa, os padres, que correspondem, de certa forma, aos médicos e advogados das outras profissões, foram obrigados a fornecer bases tanto psicológicas quanto teológicas para sua recusa em admitir as mulheres ao sacerdócio. Convocaram, assim, o professor Grensted, D. D.,[43] ocupante da cátedra Nolloth de Filosofia da Religião Cristã da Universidade de Oxford, e lhe pediram que indicasse as bases psicológicas das opiniões e recomendações apresentadas pela Comissão, que eram a favor da "ininterrupta tradição do sacerdócio masculino". Esse foi o primeiro fato que ele investigou.

> Trata-se, claramente, de um fato da maior importância prática que qualquer sugestão de que as mulheres deveriam ser admitidas ao nível e às funções da tríplice Ordem do Ministério suscite um sentimento exacerbado.[44] A evidência apresentada à Comissão demonstrou que esse sentimento exacerbado é predominantemente hostil a tais propostas... Esse sentimento exacerbado, em combinação com uma ampla variedade de explicações racionais, é evidência clara da existência de um motivo subconsciente poderoso e muito difundido. Na ausência de um material analítico detalhado, do qual parece não haver nenhum registro nessa direção específica, fica claro, entretanto, que a fixação infantil exerce

um papel predominante em determinar o sentimento exacerbado com que todo esse tema é comumente abordado.

A natureza exata dessa fixação deve necessariamente variar de indivíduo para indivíduo, e as sugestões que podem ser feitas quanto à sua origem podem ser apenas de caráter geral. Mas, qualquer que seja o valor exato e a interpretação do material no qual as teorias do "complexo de Édipo" e do "complexo de castração" se basearam, fica claro que a aceitação geral da dominação masculina e, ainda mais, da inferioridade feminina, assentada em ideias subconscientes da mulher como "homem *manqué*",[45] tem origem em concepções infantis desse tipo. Comumente, e até mesmo costumeiramente, essas concepções sobrevivem no adulto, a despeito de sua irracionalidade, e traem sua presença, por sob o nível do pensamento consciente, pela força dos sentimentos aos quais elas dão origem. É certamente com base nessa perspectiva que a admissão das mulheres às Ordens Sagradas, e especialmente ao ministério do santuário, é tão comumente vista como algo vergonhoso. Essa sensação de vergonha não pode ser vista sob nenhuma outra luz que não seja a de um tabu sexual irracional.

Enquanto o professor Grensted apresentava suas evidências, nós, as filhas dos homens instruídos, parecíamos estar vendo um cirurgião em plena atividade – um executante imparcial e científico, que, ao dissecar a mente humana, por meios humanos, punha a nu, para todos verem, qual é a causa, qual é a raiz que está na base de nosso medo. Trata-se de um óvulo. Seu nome científico é "fixação infantil". Nós, pouco científicas, lhe chamamos pelo nome errado. Um óvulo, dissemos nós; um germe. Sentimos o seu cheiro no ar; detectamos sua presença em Whitehall, nas universidades, na Igreja. Agora, indubitavelmente, o professor o definiu e deu-lhe um nome e o descreveu tão acuradamente que filha alguma de homem instruído, por mais que seja pouco instruída, poderá chamá-lo pelo nome errado ou interpretá-lo mal no futuro. É possível que o tenha suspeitado por dois mil anos, pelo menos; mas agora o sentimento familiar foi nomeado.

V

Examinemos essa "fixação infantil" para podermos verificar qual sua relevância para a pergunta que o senhor nos fez. Há tantos casos de fixação infantil, tal como definida pelo professor Grensted, na biografia vitoriana, que quase não sabemos qual escolher. O caso do sr. Barrett da Wimpole Street é, talvez, o mais famoso e documentado.[46] Escolhamos, entretanto, um caso menos conhecido. Há o caso do sr. Jex-Blake.[47] Temos aqui um pai que não se defronta com o casamento da filha mas com o desejo dela de ganhar a vida. Esse desejo também parece ter provocado no pai um sentimento exacerbado, e um sentimento que também parece ter sua origem nos níveis situados por sob o pensamento consciente. Mais uma vez, com sua permissão, vamos denominá-lo como um caso de fixação infantil.

À filha, Sophia, foi oferecida uma pequena quantia para ensinar matemática; e ela pediu a permissão do pai para aceitar a oferta. Essa permissão foi instantânea e veementemente negada. "Minha querida, apenas agora fiquei sabendo que você pensa em ser *remunerada* para dar aulas. Seria algo muito abaixo de seu nível, querida, e *não posso consenti-lo*." (A ênfase é do próprio pai.) "Aceite-o como um cargo honorífico e prestativo, e isso me fará feliz. Mas ser *remunerada* pelo trabalho significaria modificar *completamente* a situação e a rebaixaria, lamentavelmente, aos olhos de quase todo mundo."

Por que estava abaixo do nível dela, perguntou, por que iria rebaixá-la? Aceitar dinheiro em troca de trabalho não rebaixa Tom[48] aos olhos de ninguém. Trata-se, explicou o sr. Jex-Blake, de uma questão completamente diferente: Tom era homem; Tom tinha uma família para sustentar; Tom tinha, portanto, seguido "o óbvio *caminho do dever*".

Ainda assim, Sophia não estava satisfeita. Argumentou não apenas que era pobre e precisava do dinheiro, mas também que sentia fortemente "o honesto, e, creio, perfeitamente justificável, orgulho de ganhar a própria vida". Assim pressionado, o sr. Jex-Blake finalmente revelou, sob um disfarce semitransparente, o verdadeiro motivo pelo qual ele objetava que ela recebesse dinheiro por seu trabalho. Ele se ofereceu para dar-lhe, ele próprio, o dinheiro se ela se recusasse a recebê-lo da faculdade. Estava claro, portanto, que ele não tinha objeções a que ela recebesse dinheiro; o que ele objetava é que ela recebesse dinheiro de outro homem.

Não podemos ter qualquer dúvida sobre o sentimento que estava na raiz dessa ressalva. Ele queria manter a filha sob seu poder. Se recebesse dinheiro dele, ela continuaria sob seu poder; se ela o recebesse de outro homem, ela não só estaria se tornando independente do sr. Jex-Blake – ela estaria se tornando dependente de outro homem. Que ele queria que ela dependesse dele e sentia, obscuramente, que essa desejável dependência podia ser assegurada apenas pela dependência financeira é demonstrado, indiretamente, por outra de suas veladas afirmações. "Se você se casasse amanhã de acordo com a minha preferência – e não creio que você jamais se casaria diferentemente – eu lhe daria uma grande fortuna." Se ela se tornasse uma assalariada, ela poderia prescindir da fortuna e se casar com quem ela quisesse.

O caso do sr. Jex-Blake é muito facilmente diagnosticado, mas se trata de um caso muito importante porque é um caso normal, típico. O sr. Jex-Blake não era nenhum monstro da Wimpole Street; ele era um pai comum, fazendo o que milhares de outros pais vitorianos, cujos casos nunca foram divulgados, faziam diariamente. Trata-se de um caso, portanto, que explica muito daquilo que está na raiz da psicologia vitoriana – aquela psicologia dos sexos que ainda é, nos diz o professor Grensted, tão obscura. O desejo da filha, de ganhar a vida, provoca duas formas diferentes de desconfiança. Cada uma delas é forte por si mesma; juntas, elas são fortíssimas. É ainda mais significativo que para justificar esse fortíssimo sentimento, que tem sua origem nos níveis situados por sob o pensamento consciente, o sr. Jex-Blake recorra a um dos subterfúgios mais comuns – o argumento que não é um argumento, mas um apelo às emoções. Ele apelou à sua condição de mulher.

Não há nenhuma dúvida – a fixação infantil é poderosa, até mesmo quando uma mãe a sente. Mas quando o pai está infectado, ela tem um triplo poder: ele tem a natureza para protegê-lo, ele tem a lei para protegê-lo, ele tem a propriedade para protegê-lo. Assim protegido, o reverendo Patrick Brontë pôde causar "agudo sofrimento" à filha Charlotte[49] por vários meses, ao fazê-la prometer não se casar quando ela queria, e pôde roubar vários meses de sua breve felicidade conjugal sem incorrer em qualquer censura por parte da sociedade na qual ele exercia a profissão de sacerdote da Igreja da Inglaterra; embora, tivesse ele torturado um cachorro ou roubado um relógio, essa mesma sociedade o teria destituído do cargo e decretado sua expulsão. A sociedade, ao que parece, era um pai, e também afligida pela fixação infantil.

Ignorantes como somos dos motivos humanos, e mal equipados de palavras, admitamos que nenhuma palavra expressa a força que no século dezenove se opôs à força dos pais. Tudo o que podemos com certeza dizer sobre essa força é que se tratava de uma força de um poder extraordinário. Ela abriu à força as portas da casa privada. Abriu a Bond Street e Piccadilly;[50] abriu os campos de críquete e os campos de futebol; tornou obsoletos os babados e os espartilhos; tornou a profissão mais antiga do mundo – é o que se diz, mas Whitaker[51] não fornece números – pouco lucrativa. Os pais, que haviam triunfado sobre os mais fortes sentimentos dos homens fortes, tiveram que se render.

VI

Se esse ponto final fosse o fim da história, a última batida da porta, poderíamos nos voltar, uma vez mais, à sua carta e ao formulário que o senhor nos pediu para preencher. Mas não foi o fim; foi o começo. Na verdade, embora tenhamos utilizado o tempo verbal do passado, logo nos veremos utilizando o tempo do presente. Privadamente, é verdade, os pais se renderam; a porta foi arrombada. Mas os pais reunidos do lado de fora, nas sociedades, nas profissões, ficaram ainda mais sujeitos, ao que parece, à doença da fixação infantil do que os pais da vida privada. Que eles estavam afetados pela mesma doença é, ao que parece, se compararmos os sintomas, algo indiscutível.

Um dos motivos, o motivo do amor, que é tão evidente nos casos já citados e tão difícil para as filhas combater ou reconhecer, estava ausente, é bem verdade. Mas a doença adquirira outro motivo que a tornava ainda mais virulenta. Pois agora os pais tinham que proteger algo que estava tão entranhado neles como a condição de mulher, como a condição de filha, estava em suas filhas: vamos chamar isso, simplesmente, de "masculinidade", e dar o assunto por encerrado. Um homem que não era capaz de ganhar sua própria vida fracassara no atributo primordial da masculinidade – a capacidade de sustentar a esposa e a família. Era esse direito que era agora questionado. Protegê-lo – e das mulheres – provocava, e provoca, não há como duvidar disso, um sentimento situado por sob os níveis do pensamento consciente e da mais extrema violência. É por essa razão, para citar o professor Grensted, que "a admissão das mulheres às ordens sagradas" – ou, na verdade, a qualquer profissão, pois elas são todas ordens sagradas – "é tão comumente considerada como algo vergonhoso. Esse sentimento de vergonha não pode ser visto sob qualquer outra perspectiva que não seja a de um tabu sexual irracional."

E se, nos detendo na Inglaterra, ligarmos o rádio das notícias diárias, ouviremos, senhor, o que os pais que estão infectados pela fixação infantil estão agora dizendo:

> O lar é o verdadeiro lugar das mulheres... Que voltem ao lar... O governo deveria dar emprego para os homens... Um forte protesto será feito pelo ministro do trabalho... Uma mulher foi indicada... As mulheres não devem mandar nos homens... Há dois mundos, um para as mulheres, outro para os homens... As mulheres estão cansadas de sua liberdade... Que aprendam a preparar o nosso jantar... As mulheres fracassaram. Fracassaram no tribunal... Fracassaram na medicina... Elas fracassaram... Elas fracassaram... Elas fracassaram...[52]

Ora, o clamor, o alvoroço, que a fixação infantil está causando neste exato momento é tão forte, senhor, que mal podemos ouvir a nós próprias falando; ele tira as palavras de nossa boca; nos faz dizer o que não dissemos. Ao ouvir as vozes, parece que ouvimos uma criancinha chorando dentro da noite, a noite negra que agora cobre a Europa, e em nenhuma outra língua que não a do choro:[53] "Ai, ai, ai, ai...". Mas não é um novo choro; é um choro muito antigo. Estamos contemplando novamente a imagem, a mesma imagem de cadáveres e casas destroçadas que nos fez, no começo desta carta, sentir as mesmas emoções. O senhor as chamou de "horror e asco". Nós as chamamos de "horror e asco".

Mas essa imagem mudou à medida que esta carta prosseguia; uma outra imagem se formou, como costuma acontecer com as imagens, sobre aquela. Uma figura se impôs no primeiro plano. Trata-se da imagem de um homem. Alguns afirmam, outros negam, que se trata do próprio Homem em pessoa, a quintessência da virilidade, o tipo perfeito do qual todos os outros são esboços imperfeitos. Trata-se, certamente, de um homem; não há nenhuma dúvida quanto a isso. Os olhos estão vidrados; os olhos fuzilam. O corpo, que se sustenta numa posição pouco natural, está rigidamente envolto num uniforme. No peitilho do uniforme estão pregados diversos símbolos místicos e medalhas. A mão repousa sobre uma espada. É chamado de Führer em alemão e de Duce em italiano – em nossa própria língua, de Tirano ou Ditador. E atrás dele jazem casas e cadáveres – mulheres e crianças e homens também.

Essa é a imagem que se impôs a esta carta. Parece que é essa mesma imagem que se impôs sobre sua própria carta – a mesma imagem, mas vista, inevitavelmente, de um ângulo diferente. Estamos, nós dois, de acordo que se trata da imagem do mal; estamos os dois determinados a fazer o que pudermos, o senhor com seus métodos, nós com os nossos, para destruir o mal que a imagem representa. E podemos estar ambos errados, não apenas quanto aos métodos pelos quais tentamos destruir o mal, mas quanto ao nosso julgamento.

Muitos homens, da mais elevada instrução, sustentam que a imagem é uma imagem, não do mal, mas do bem. A guerra, argumenta-se, traz à tona as qualidades mais nobres da humanidade. O Ditador, alega-se, não é nem uma ameaça nem um monstro, mas, pelo contrário, a consumação da masculinidade. Ele é a encarnação do Estado; o Estado é supremo; tanto os homens quanto as mulheres devem obedecer às suas ordens, sejam elas justas ou injustas. A obediência é tudo.

Por outro lado, alguns homens, também da mais elevada instrução, sustentam que a imagem é a imagem do mal. A guerra é desumana, horrível, nada natural, animalesca. O Ditador é um monstro. Suas ordens devem ser desobedecidas. O Estado não é supremo. O Estado é feito de seres humanos – de homens e mulheres livres, que devem pensar por sua própria conta.

Que juiz haveria que pudesse decidir qual opinião é certa, qual é errada? Não há nenhum juiz; não há nenhuma certeza no alto do céu ou na terra aqui embaixo. Tudo o que podemos fazer é examinar a imagem tão claramente quanto o sexo e a classe permitirem; fazer incidir sobre ela a luz que a história, a biografia e os jornais diários põem ao nosso alcance; e examinar tanto as razões quanto as emoções de forma tão desapaixonada quanto possível.

É isso que tentamos fazer. A Sociedade das Outsiders – para dar-lhe um nome pomposo – é o resultado disso. As regras – para falar de forma um tanto pedante – são uma tentativa de materializar os resultados de nossa pesquisa. Finalmente, pois, chegamos ao que serve, temporariamente ao menos, como uma resposta à sua pergunta. Dado nosso sexo, nosso passado, nossa instrução, nossas tradições, a melhor maneira pela qual podemos ajudar a evitar a guerra é observando essas regras. A melhor maneira pela qual podemos ajudar a evitar a guerra, tal como a sociedade é no presente e tal como somos no presente, é permanecer fora de sua sociedade. Tenho toda a confiança, senhor, de que lerá estas palavras corretamente e, portanto, não vamos nos estender.

Para voltar, finalmente, ao formulário que o senhor nos enviou e pediu que preenchêssemos, vamos deixá-lo, pelas razões dadas acima, sem assinatura. Mas para provar tão substancialmente quanto possível que nossos objetivos são os mesmos que os seus, eis aqui o guinéu: uma doação incondicional, dada incondicionalmente para ajudá-lo a afirmar "os direitos de todos – todos os homens e todas as mulheres – ao respeito, como indivíduos, dos grandes princípios da Justiça e da Igualdade e da Liberdade".

Notas

Três guinéus (*TG*), o livro em que Virginia Woolf desenvolve o argumento de que existe uma estreita conexão entre masculinismo e militarismo, entre patriarcado e regimes ditatoriais, foi publicado, na Inglaterra, pela Hogarth Press, a editora do casal Woolf, em 2 de junho, e nos Estados Unidos, pela editora Harcourt, em 25 de agosto de 1938. No mesmo ano, a revista americana *The Atlantic Monthly* publicou, em duas partes, nas edições de maio e junho, uma versão bastante abreviada do livro, contendo umas poucas passagens adicionais. Estão ausentes dessa versão as cinco fotos que ilustram o livro, bem como as numerosas notas, da própria Virginia, que o acompanham. "As mulheres devem chorar" foi o título dado à primeira parte, enquanto o título da segunda repetia o título da primeira, com um acréscimo: "As mulheres devem chorar... Ou se unir contra a guerra". Dei, aqui, o título da segunda parte, tal como apareceu na revista, ao conjunto dos artigos, mantendo, entretanto, em subtítulos, a titulação dividida da publicação original.

O título e o subtítulo do ensaio aludem a um verso do conhecido poema de Charles Kingsley (1819-1875), "Os três pescadores" (ver original e tradução abaixo). O poema gira em torno da história de três pescadores que saíram de barco para pescar e nunca mais voltaram: às mulheres que esperavam pela volta de seus maridos não lhes restava senão chorar.

TG se divide em três capítulos, estruturados em torno de uma carta fictícia escrita por uma missivista também fictícia a um fictício advogado inglês, em resposta a uma suposta carta do referido cavalheiro, pedindo a opinião da missivista sobre qual seria a melhor maneira de evitar a guerra. Obviamente, a versão resumida publicada na revista americana gira em torno da mesma carta fictícia em que o livro se centra, mas ela foi estruturada por Virginia de forma bastante diferente para se adequar às exigências da publicação em revista, embora a sequência da argumentação seja basicamente a mesma. Este texto é a tradução da versão resumida de *TG* que foi publicada na revista *The Atlantic Monthly*.

The Three Fishers

Three fishers went sailing out into the West,
Out into the West as the sun went down;
Each thought on the woman who lov'd him the best;
And the children stood watching them out of the town;
For men must work, and women must weep,
And there 's little to earn, and many to keep,
Though the harbor bar be moaning.

Three wives sat up in the light-house tower,
And they trimm'd the lamps as the sun went down;
They look'd at the squall, and they look'd at the shower,
And the night rack came rolling up ragged and brown!
But men must work, and women must weep,
Though storms be sudden, and waters deep,
And the harbor bar be moaning.

Three corpses lay out on the shining sands
In the morning gleam as the tide went down,
And the women are weeping and wringing their hands
For those who will never come back to the town;
For men must work, and women must weep,
And the sooner it 's over, the sooner to sleep—
And good-by to the bar and its moaning.

Os três pescadores

Três pescadores saíram rumo ao ocidente,
Rumo ao ocidente enquanto o sol caía;
Cada um pensando na mulher amada, ternamente;
E os filhos olhavam o barco que saía;
Pois os homens trabalham e as mulheres choram.
E é pouco o que ganham e muito o que laboram,
Mas a barra do porto não cessa seu lamento.

Três esposas na torre do farol se sentavam,
E atiçavam as lamparinas enquanto o sol caía;

> E olhavam a tempestade e o aguaceiro espiavam,
> E a névoa da noite encrespada e negra subia!
> Pois os homens trabalham e as mulheres choram,
> Mas os céus enegrecem e os raios não demoram,
> E a barra do porto não cessa seu lamento.
>
> Três cadáveres jaziam nas areias que brilhavam
> Sob o raio da manhã quando a maré desceu,
> E as três mulheres choravam e as mãos cruzavam
> Pelo marido que jamais veria a vila onde nasceu;
> Pois os homens trabalham e as mulheres choram.
> E quanto mais cedo termina, mais cedo ancoram...
> E um longo adeus à barra do porto e seu lamento.

Algumas das notas abaixo (dentre as que remetem às fontes de citações feitas no interior do ensaio) se baseiam nas notas da própria Virginia em *TG*. Socorri-me também das notas das seguintes edições conjuntas de *A Room of One's Own* e *Three Guineas*: Penguin (int. e notas de Michèle Barrett) e Oxford University Press (int. e notas de Anna Snaith); e das seguintes edições individuais de *Three Guineas*: Harverst/Harcourt (int. e notas de Jane Marcus) e Shakespeare Head Press (int. e notas de Naomi Black). Recorri, além disso, às notas de Stuart N. Clarke ao texto de "Women Must Weep. Or Unite against War" incluído no v. 6 (1933-1941) dos ensaios de Virginia Woolf (*The Essays of Virginia Woolf*, v. 6, Hogarth Press, 2011), por ele organizado. Observe-se, finalmente, que os colchetes, no decorrer do texto, são da própria autora.

[1] Na verdade, Virginia reuniu numa única citação frases escritas por dois irmãos gêmeos, cujas vidas são lembradas no livro de John Buchan (1875-1940), *Francis and Riversdale Grenfell: A Memoir*, publicado em 1920 (disponível em tinyurl.com/y875k47o), de onde Virginia retirou as frases citadas. A primeira parte da citação (antes das reticências) refere-se a palavras de uma carta de Francis Octavius Grenfell (1880-1915), enquanto a segunda remete a palavras de uma carta de Riversdale Nonus Grenfell (1880-1914). Ambos morreram em ação, durante a Primeira Grande Guerra.

² As palavras citadas não são, propriamente falando, do piloto, mas de seu pai, Victor Bulwer-Lytton, segundo conde de Lytton (1876-1947), referindo-se, no livro *Antony (Viscount Knebworth)*, ao filho, Antony Bulwer-Lytton, visconde de Knebworth (1903-1933), membro do Parlamento inglês e piloto da Força Aérea Auxiliar, morto num acidente aéreo.

³ Palavras do poeta inglês Wilfred Owen (1893-1918), em carta à mãe de maio de 1917, citada no livro *The Poems of Wilfred Owen. Edited with a memoir and notes by Edmund Blunden* (tinyurl.com/yarzk34p), p. 25. Owen foi morto em ação, na Primeira Grande Guerra.

⁴ *The Poems of Wilfred Owen* (tinyurl.com/yarzk34p), p. 41.

⁵ A expressão é retirada de um discurso feito por Gordon Stewart, 1° Visconde de Hewart (1870-1943), então no cargo de Lord Chief of Justice (ministro da Justiça) da Inglaterra, perante a Society of St George, e publicado na edição de 19 de outubro de 1935 do jornal *Daily Telegraph*. Lorde Stewart é a figura que aparece no primeiro plano da quarta das cinco fotografias reproduzidas na edição original de *TG*. A reprodução do discurso, sem identificação da fonte, faz parte do álbum de recortes que Virginia colecionava como matéria-prima para a redação de *TG*. O discurso de Lorde Stewart é a expressão exemplar do patriotismo que Virginia critica ao longo do livro. Ver, a propósito, a tese de doutorado de Alice Wood, *The Development of Virginia Woolf's Late Cultural Criticism, 1930-1941* (tinyurl.com/y8dqe635) e, da mesma autora, o livro *Virginia Woolf's Late Cultural Criticism*. Sobre os cadernos de anotações de Virginia, num dos quais há uma entrada sobre o referido recorte, v. Brenda R. Silver, *Virginia Woolf's Reading Notebooks* (tinyurl.com/y8g6pxf5).

⁶ Em *TG*, Virginia é mais explícita sobre a discordância do clero inglês relativamente à guerra: "O bispo de Londres sustentava que 'o real perigo para a paz do mundo hoje são os pacifistas. Por mais que a guerra fosse ruim, a desonra era muito pior'. Por outro lado, o bispo de Birmingham descrevia a si próprio como um 'pacifista extremado... Não consigo conceber como a guerra possa ser vista como estando em consonância com o espírito de Cristo'".

⁷ Em carta ao sobrinho, Julian Bell (1908-1937), morto na Guerra Civil Espanhola (1936-1939), com data de 14 de novembro de 1936, Virginia escreveu: "Esta manhã recebi um pacote de fotografias da Espanha, todas de crianças mortas, atingidas por bombas – um presente animador".

⁸ Segundo Stuart N. Clarke em *Essays*, v. 6, trata-se de alusão a uma frase de Neville Chamberlain (1869-1940), primeiro-ministro da Grã-Bretanha entre 1937 e 1940, publicada na edição de 19 de março de 1938 do jornal *The Times*: "Após ter informado oficialmente a Câmara dos Comuns sobre

o bombardeio de Barcelona [...], o primeiro-ministro disse que não podia imaginar que alguém pudesse ter lido os relatos dos jornais sobre o que acontecera lá sem sentir horror e asco".

[9] Moeda de ouro que circulou na Inglaterra de 1663 a 1814, com o valor equivalente a uma libra ou vinte xelins. A denominação "guinéu", entretanto, sobreviveu até meados do século vinte, como um valor simbólico para pagar, em cheque (como na narrativa fictícia de *TG*), por certos bens ou serviços, como consultas médicas ou assinaturas de jornais, agora equivalente a uma libra e vinte e um xelins.

[10] Situação que perdurou até 1° de fevereiro de 1973, quando foi permitido às mulheres operarem na Bolsa de Valores de Londres, o "último bastião da misoginia", segundo a imprensa da época.

[11] No original: *to the Civil Service and to the Bar*. Refere-se à lei conhecida como Sex Disqualification (Removal) Act 1919, promulgada em 23 de dezembro de 1919, pela qual foi permitido às mulheres ocuparem funções na administração pública e no sistema judiciário.

[12] A palavra "Sereia" refere-se, aqui, àquelas senhoras da alta sociedade que promoviam saraus em seus salões para entreter, como diz Virginia, na nota 1 do cap. 3 de *TG*, "a aristocracia, a plutocracia, a intelligentsia, a ignorantsia, etc.", isto é, o grand monde da cultura, da política e do dinheiro.

[13] Era prática de certas bibliotecas tradicionais armazenar os livros nas prateleiras com as lombadas viradas para dentro e prendê-los, por uma corrente fixada na parte exterior da lombada, à parte de baixo da prateleira, o que permitia a consulta, mas não que fossem removidos da estante.

[14] A "marca de giz" lembra a passagem de *A Room of One's Own* em que a narradora, em visita a uma faculdade feminina de umas das universidades de prestígio da Inglaterra (Cambridge e Oxford), para dar uma palestra às alunas, é impedida, por um bedel, de caminhar pelo gramado, supostamente reservado apenas aos professores (homens) da universidade em questão, sendo obrigada, em vez disso, a utilizar a trilha de cascalho. Segundo Naomi Black, em nota à edição Shakespeare Head de *TG*, as marcas de giz estão associadas a invocações de demônios, em que círculos traçados com giz são utilizados para restringir a participação na cerimônia apenas aos indivíduos autorizados.

[15] Em *TG*, Virginia atribui a frase a J. J. Thompson (1856-1940), físico britânico e professor do Trinity, uma das faculdades da Universidade de Cambridge. Thompson se referia às alunas das duas faculdades femininas de Cambridge, Newnham e Girton, nas quais, até 1948, as formandas recebiam, por correio, um diploma apenas nominal, sem nenhum valor no

mercado de trabalho. Os pomposos títulos seriam, por exemplo, B. A., Bachelor of Arts, o título básico de graduação, atribuído, até 1948, apenas aos homens; F. R. S., Fellow of the Royal Society, indicando que seu portador pertencia à importante sociedade científica britânica; e O. M., Order of Merit, distinção conferida a homens que se distinguiam em algum campo científico ou profissional.

[16] Como observa Stuart N. Clarke, a própria Virginia recusou-se, mais de uma vez, a receber esse tipo de honraria, como anotou em seu diário: o título de Doctor of Letters, oferecido pela Universidade de Manchester (*Diários*, 25 de março de 1933); o título de Companion of Honour, concedido a pessoas de destaque nas artes, na ciência e na política: "Carta do primeiro-ministro oferecendo-se para me recomendar para o Companion of Honour. Não" (20 de maio de 1935); e, novamente, o título de Doctor, oferecido pela Universidade de Liverpool (3 de março de 1939).

[17] No original, *education of the private house*. Dada a centralidade, ao longo de todo o texto, da distinção entre a esfera privada e a esfera pública, traduzi "*private*", consistentemente, por "privado" ou "privada", ainda que, se consideradas isoladamente, algumas das combinações que contêm o adjetivo "private" pudessem ter uma tradução mais idiomática. É um tanto estranha, por exemplo, mais adiante, a expressão "irmão privado" ("*private brother*"), significando o irmão tal como ele é considerado ou se comporta em casa, em contraste com seu comportamento na esfera pública. Numa tradução mais idiomática, entretanto, o paralelismo com outras expressões que contêm o mesmo adjetivo seria perdido. Sobre essa expressão em particular, "irmão privado", ver nota mais adiante.

[18] Trata-se de citação de uma carta verdadeira enviada pela London and National Society for Women's Service, como esclarece nota da própria Virginia em *TG* (nota 1, cap. 2): "Para citar as palavras exatas desse apelo: 'Esta carta é para lhe pedir para separar roupas para as quais não tem mais uso. [...] Meias, de qualquer tipo, não importa o quanto usadas, também são bem-vindas. [...] O comitê considera que ao oferecer essas roupas por uma pechincha [...] estará prestando um serviço realmente útil a mulheres cujas profissões exigem que elas tenham, o dia todo, roupas apresentáveis que elas não podem se dar ao luxo de comprar'". A secretária, segundo Stuart Clarke, seria Philippa Strachey (1872-1968), amiga de Virginia.

[19] Virginia faz aqui, segundo Stuart Clarke, uma brincadeira para iniciados, uma vez que a segunda carta teria sido enviada por Pernel Strachey, diretora do Newnham College, de Cambridge, e irmã de Philippa Strachey.

[20] Na nota 6 do cap. 2 de *TG*, a própria Virginia fornece a fonte da citação: Ray Strachey, Careers and Openings for Women.

[21] Referência ao final do poema de Percy Bysshe Shelley (1792-1822), "The Question" ["A questão"]: *"Oh! To whom?"*.

[22] A própria Virginia fornece, na nota 21 do cap. 2 de *TG*, a fonte da citação: Robert J. Blackham, *Life of Sr Ernest Wild, K. C.* (K. C. é a abreviação de King's Counsel, título concedido a advogados que são escolhidos como conselheiros jurídicos do monarca).

[23] Na nota 22 do cap. 2 de *TG*, Virginia cita a fonte: Lorde Baldwin, discurso mencionado no *The Times*, 20 de abril de 1936. Lorde Baldwin refere-se a Stanley Baldwin (1867-1947), que serviu como primeiro-ministro da Inglaterra em mais de um período.

[24] Na nota 23 do cap. 2 de *TG*, Virginia fornece a fonte: G. L. Prestige, *The Life of Charles Gore: A Great Englishman*. Charles Gore (1853-1932) serviu como bispo em várias cidades da Inglaterra.

[25] Cyril Argentine Alington (1872-1955), deão de Durham; William Ralph Inge (1860-1954), deão da Catedral de St. Paul.

[26] A fonte, segundo Virginia, na nota 24 do cap. 2 de *TG*, é M. E. Broadbent, *Life of Sir William Broadbent*.

[27] Rua de Marylebone, no centro de Londres, conhecida pela concentração de consultórios médicos aí instalados.

[28] Shoe Lane é uma travessa da Fleet Street, rua em que estavam localizadas as principais gráficas e sedes de jornais. Sydney Low (1857-1932) foi historiador e, como diz o texto, jornalista. O fato de estar aí no fim da tarde significa, possivelmente, que continuava trabalhando. A fonte da citação, segundo Virginia, na nota 25 do cap. 2 de *TG*, é Desmond Chapman-Huston, *The Lost Historian, a Memoir of Sir Sidney Low*.

[29] Naomi Black, na p. 198 da edição Shakespeare Press de *TG*, anota: "As larvas de certas mariposas que andam em 'procissão' criam trilhas de seda de modo que elas possam seguir umas às outras em fila única em busca de forragem".

[30] Alusão à canção infantil "Here We Go Round the Mulberry Bush" ["Aqui vamos nós em volta da amoreira"] e, indiretamente, ao verso "Here we go round the prickly pear", do poema "The Hollow Men" ["Aqui vamos à volta da figueira-da-índia"], de T. S. Eliot. Na sua introdução à edição Harcourt de *TG*, Jane Marcus observa: "A leitora estritamente racional é solicitada a fluir com o rodopio à volta da 'amoreira' da propriedade privada, na figura que ela traça das compulsões do capitalismo e do patriarcado como uma brincadeira infantil. Como sempre na escrita de Woolf, a referência à canção infantil tem um propósito. Se estamos hipnotizados pela dança em volta da

amoreira, como ela diz que estamos, será preciso lutar para nos livrarmos do feitiço que nos mantém leais a uma estrutura social opressiva".

[31] Na nota 1 do cap. 1 de *TG*, Virginia remete a citação ao livro *The Life of Mary Kingsley*, de autoria de Stephen Gwynn. Mary Kingsley (1862-1900) foi uma escritora e exploradora inglesa.

[32] Virginia Woolf tinha um especial interesse pelas vidas de pessoas obscuras. No ensaio "The Lives of the Obscure", publicado em diferentes versões, entre 1924 e 1925, ela se concentra em algumas dessas vidas.

[33] Florence Nightingale (1820-1910), a conhecida fundadora da enfermagem moderna; Anne Jemima Clough (1820-1892), educadora inglesa; Gertrude Bell (1868-1926), escritora e arqueóloga inglesa.

[34] Segundo Naomi Black, em nota à edição Shakespeare Head de *TG*, a frase seria uma versão aproximada do slogan do grupo "For Intellectual Liberty", fundado em fevereiro de 1936, em apoio aos intelectuais franceses que lutavam contra as pressões direitistas no seu país.

[35] Alusão ao "Arthur's Education Fund", explicitamente mencionado em *TG*. A referência é ao romance *The History of Pendennis: His Fortunes and Misfortunes, His Friends and His Greatest Enemy* [*A história de Pendennis: suas aventuras e desventuras, seus amigos e seu grande inimigo*], de William Makepeace Thackeray (1811-1863), situado na Inglaterra do século dezenove. Ao morrer, o pai de Arthur Pendennis, o personagem central, deixara-lhe um fundo financeiro sob a rubrica A. E. F. ou Arthur's Education Fund, destinado ao custeio de sua educação numa das prestigiosas universidades britânicas (Oxford e Cambridge). Virginia o toma, em *TG*, como símbolo do dinheiro dispendido pelas famílias de classe média ou alta com a educação de seus filhos homens, em detrimento da educação formal de suas filhas.

[36] O ano de 1870 parece se referir ao ano em que se estabeleceu a primeira faculdade inglesa destinada às mulheres. Mais precisamente, entretanto, na Inglaterra, a primeira faculdade feminina, Girton, foi estabelecida em 1869, na Universidade de Cambridge. Em 1871 foi fundada a segunda, Newnham, também em Cambridge. A primeira faculdade feminina da Universidade de Oxford, Sommerville, foi estabelecida em 1879. Quanto ao ano de 1262, Virginia parece aludir a algum evento fundador de uma das primeiras universidades inglesas, Oxford e Cambridge, que tiveram seu início, respectivamente, em 1096 e 1209. Naomi Black, na edição Shakespeare Head de *TG*, sugere que Virginia poderia ter erroneamente trocado 1226 – ano em que se faz a primeira referência oficialmente

registrada ao diretor de uma faculdade, mais especificamente, ao diretor do New College, de Oxford – por 1262.

37 Para além do valor programático dessa argumentação, sabe-se o quanto Virginia era avessa a tornar públicos detalhes de sua vida privada e, em especial, a se deixar fotografar para fins jornalísticos. Em carta ao jornal *New Statesman*, em outubro de 1933, depois de condenar as práticas intrusivas dos jornalistas em geral, ela propõe uma "Sociedade para a proteção da privacidade, cujos membros deveriam jurar não permitir serem fotografados, desenhados ou caricaturados para aparecer nos jornais sem seu consentimento; não dar entrevistas; não dar autógrafos; não comparecer a jantares oficiais; não falar em público; não falar com admiradores desconhecidos, providos de cartas de apresentação fornecidas por seus amigos e assim por diante. [...] Como prova de boa fé, posso acrescentar que estou disposta a prestar tal juramento e a contribuir com não menos que cinco guinéus em favor de qualquer sociedade que nos livre dessas pragas".

38 Áreas de Londres em que se concentram os edifícios dos órgãos governamentais e legislativos.

39 Com essa expressão, Virginia quer significar, como já explicitado em nota anterior, o irmão tal como ele é conhecido e se comporta em casa, na esfera privada, em oposição ao irmão mais agressivo da esfera pública. Sua experiência com o irmão Thoby (para não falar de sua experiência, bem mais traumática, com seus meios-irmãos), entretanto, tal como narrada por ela própria, em *Moments of Being* (Momentos de ser), não parece demonstrar tanta diferença assim entre os "dois" irmãos: "Estava lutando com Thoby no gramado. Estávamos nos esmurrando com os punhos. Assim que levantei o punho para batê-lo, pensei: para que machucar outra pessoa? Abaixei a mão instantaneamente e fiquei ali e deixei que ele me batesse. Lembro da minha sensação. Era uma sensação de desesperançosa tristeza. Era como se eu tivesse me tornado consciente de algo terrível; e da minha própria impotência".

40 Isto é, um fardo nos ombros da sociedade. Alusão ao poema de Samuel Taylor Coleridge (1772-1834), "The Rime of the Ancient Mariner", em que o marinheiro do título mata um albatroz que seguia o barco; ato que, segundo os outros marinheiros, teria sido responsável pelas desgraças que se seguiram, uma vez que o albatroz é, em geral, considerado sinal de boa sorte. Para lembrá-lo do ato que lhes trouxe a má sorte, eles penduram o pássaro morto em volta de seu pescoço.

41 Stuart N. Clarke anota que, embora, em 1920, a Universidade de Oxford tivesse passado a conferir graus efetivos às mulheres, elas eram banidas

dos clubes e das associações universitárias, e suas faculdades só obtiveram reconhecimento pleno da universidade em 1959.

[42] Ministério das Mulheres – por "Ministério" entenda-se, aqui, o exercício do sacerdócio.

[43] *Doctor of Divinity,* título honorário concedido a pessoas que tenham se distinguido no estudo da teologia.

[44] No original, "threefold Order of the Ministry": refere-se à divisão, na Igreja Anglicana, da hierarquia sacerdotal, entre os níveis de bispo, padre e diácono.

[45] Em francês, no original: homem fracassado.

[46] O sr. Barrett é Edward Barrett, pai da poeta inglesa Elizabeth Barrett Browning (1806-1861), retratada, sob a perspectiva do seu cão Flush, no livro homônimo de Virginia (Autêntica Editora). Edward Barrett, pai dedicado mas severo, tinha ideias e regras estritas, que incluíam a proibição implícita de que seus filhos (doze, dos quais apenas nove chegaram à vida adulta) se casassem – os que ousassem infringi-la eram sumariamente deserdados. Elizabeth, apesar da imensa afeição e respeito que tinha pelo pai, ousou fazê-lo. Após um breve período de namoro, casou-se clandestinamente com o também poeta Robert Browning, fugindo com ele para a Itália, estabelecendo-se em Florença.

[47] Thomas Jex-Blake, pai de Sophia Louisa Jex-Blake (1840-1912), médica e ativista feminista inglesa. Ela enfrentou a objeção do pai não apenas para ganhar a vida dando aulas, tal como narrado nesta passagem, mas também, mais tarde, para estudar medicina. Na nota 34 do cap. 3 de *TG*, Virginia registra que as citações são extraídas do livro *The Life of Sophia Jex-Blake*, de autoria de Margaret Todd.

[48] Thomas William Jex-Blake (1832-1915), irmão de Sophia.

[49] Charlotte Brontë (1816-1855). Embora o pai se opusesse ao casamento com Arthur Bell Nicholls (1819-1906), eles acabaram se casando. Na nota 33 do cap. 3 de *TG*, Virginia credita a citação ao livro de Elizabeth Cleghorn Gaskell (1810-1865), *The Life of Charlotte Brontë*.

[50] Bond Street é uma das ruas que desembocam no Piccadilly Circus. Como zona de prostituição, não era permitido que as filhas de "boa família" a percorressem desacompanhadas. O sentido da passagem é que às mulheres tinha sido agora franqueado o direito de percorrê-la sozinhas. Na nota 38 do cap. 2 de *TG*, ela escreve: "A castidade era invocada para impedi-la de estudar medicina; de pintar nus; de ler Shakespeare; de tocar em orquestras; de andar pela Bond Street desacompanhada".

51 Isto é, o *Whitaker's Almanack*, livro de referência publicado anualmente, na Inglaterra, desde 1868. Virginia retirou muitos dos dados sobre a situação das mulheres na Inglaterra, utilizados em *TG*, desse almanaque.

52 Excertos de matérias de jornais ingleses da época, originários dos inúmeros recortes que Virginia reuniu em preparação para a escrita de *TG* e devidamente referidos em notas do cap. 2.

53 Alusão a uma passagem do poema "In Memoriam A. H. H.", de Alfred Lord Tennyson (1809-1892): *"So runs my dream: but what am I? / An infant crying in the night: / An infant crying for the light: / And with no language but a cry."* ["Assim se dá meu sonho: mas quem sou eu? / Uma criança chorando na noite: / Uma criança chorando por luz: / Mas sem nenhuma língua que não o choro."]

III PÓS-TEXTOS

PENSAMENTOS SOBRE A PAZ DURANTE UM ATAQUE AÉREO

OS ALEMÃES ESTIVERAM sobre esta casa na última noite e na noite anterior. Aqui estão eles de novo. É uma experiência estranha, ficar deitada no escuro e escutar o zumbido de uma vespa que pode nos ferrar de morte a qualquer instante. É um som que interrompe um pensamento sereno e consequente sobre a paz. Todavia é um som que deveria – muito mais que o de preces e hinos – nos compelir a pensar sobre a paz. A menos que possamos prefigurar a existência da paz, nós – não este corpo específico nesta cama específica, mas milhões de corpos ainda por nascer – ficaremos deitados na mesma escuridão e ouviremos o mesmo estertor de morte sobre as nossas cabeças. Pensemos no que podemos fazer para criar o único abrigo aéreo eficiente, enquanto em cima do morro os canhões começam seu pop pop pop e os holofotes furam as nuvens e, de quando em quando, às vezes muito perto, uma bomba cai.

Lá no alto do céu, jovens ingleses e jovens alemães estão se guerreando. Os defensores são homens, os atacantes são homens. Não são dadas armas à mulher inglesa, seja para combater o inimigo, seja para se defender. Ela deve se deitar desarmada esta noite. Mas se ela acredita que a batalha que se desenrola no céu é uma batalha travada pelos ingleses para proteger a liberdade, travada pelos alemães para destruir a liberdade, ela deve lutar, dentro de suas possibilidades, do lado dos ingleses. Até onde pode ela lutar, sem armas de fogo, pela liberdade? Produzindo armas ou roupas ou alimentos. Mas há outra forma de lutar pela liberdade sem armas de fogo; podemos lutar com a mente. Podemos produzir ideias que irão ajudar o jovem inglês que está lutando lá em cima no céu a derrotar o inimigo.

Mas, para produzir ideias eficazes, devemos ser capazes de disparálas. Devemos colocá-las em ação. E a vespa lá no céu desperta outra vespa na mente. Esta manhã havia uma delas zumbindo no *The Times* – uma voz de mulher dizendo: "As mulheres não têm nenhum direito à palavra na política".[1] Não há nenhuma mulher no ministério; nem em qualquer posição de responsabilidade. Todas as pessoas produtoras de ideias que estão em posição de fazer com que as ideias sejam eficazes são homens. Esse é um pensamento que desencoraja o ato de pensar e estimula a irresponsabilidade. Por que não enterrar a cabeça no travesseiro, tapar os ouvidos e dar um basta a essa fútil atividade de produzir ideias? Porque há outras mesas além das mesas dos detentores de cargos políticos e das mesas de reunião. Não estaríamos deixando o jovem inglês sem uma arma que lhe possa ser de valia se renunciássemos ao pensamento privado,[2] ao pensamento da mesa de chá, por ele parecer inútil? Não estaríamos reforçando nossa incapacidade com base na justificativa de que nossa capacidade nos deixaria sujeitas talvez ao abuso, talvez ao desprezo? "Não desistirei da luta mental", escreveu Blake.[3] Lutar mentalmente significa pensar contra a corrente, não junto com ela.

Essa corrente flui ligeira e furiosa. Ela brota, num jorro de palavras, dos alto-falantes e da boca dos políticos. Eles nos dizem, todos os dias, que somos um povo livre, lutando para defender a liberdade. Foi a corrente que pôs o jovem aviador a rodopiar lá no céu e o mantém lá, girando por entre as nuvens. Aqui embaixo, com um teto para nos cobrir e uma máscara antigás à mão, é nossa função furar balões de gás e descobrir sementes de verdade. Não é verdade que somos livres. Somos ambos prisioneiros esta noite – ele, encerrado em sua máquina, com uma arma à mão; nós, deitadas no escuro, com uma máscara antigás à mão. Se fôssemos livres, deveríamos estar lá fora, dançando ao ar livre, no teatro, ou sentados juntos à janela, conversando. O que nos impede de fazer isso? "Hitler!", berram os alto-falantes a uma só voz. Quem é Hitler? O que ele é?[4] A agressividade, a tirania, o amor insano e escancarado pelo poder, respondem eles. Destruam isso e vocês serão livres.

Agora o zumbido dos aeroplanos é como o ruído de um galho sendo serrado por sobre a nossa cabeça. Ele dá voltas e voltas, serrando e serrando um galho bem em cima da casa. Outro som, como o de serra, começa a abrir caminho no cérebro. "As mulheres de talento" – era Lady Astor falando no *The Times* esta manhã – "são mantidas sob sujeição por causa de um hitlerismo subconsciente no coração dos homens."[5] Certamente somos mantidas sob sujeição. Somos igualmente prisioneiros esta noite – os homens ingleses em seus aeroplanos, as mulheres inglesas em suas camas. Mas, se parar para pensar, ele pode ser morto; e nós também. Pensemos, então, por ele. Tentemos fazer subir à consciência o hitlerismo subconsciente que nos subjuga. É o desejo de agressão; o desejo de dominar e escravizar. Mesmo na escuridão podemos ver isso se tornar visível. Podemos ver vitrines resplandecentes; e mulheres olhando, admiradas; mulheres maquiadas; mulheres bem vestidas; mulheres de lábios carmesins e unhas carmesins. São escravas que tentam escravizar. Se pudermos nos libertar da escravidão, libertaremos os homens da tirania. Os hitlers são gerados por escravas.

Uma bomba cai. Todas as janelas chacoalham. Os canhões antiaéreos estão entrando em ação. Lá em cima do morro, os canhões estão camuflados sob uma rede feita de tiras de materiais verdes e marrons para imitar os matizes das folhas outonais. Agora eles disparam todos de uma só vez. Na transmissão radiofônica das nove horas seremos informados de que "quarenta e quatro aeroplanos inimigos foram abatidos durante a noite, dez deles por fuzilaria antiaérea". E uma das condições da paz, dizem os alto-falantes, deverá ser o desarmamento. No futuro, não haverá mais nenhuma arma, nenhum exército, nenhuma marinha, nenhuma força aérea. Os homens jovens não serão mais treinados para a luta armada. Isso faz despertar outra vespa mental nos compartimentos do cérebro – outra citação. "Combater contra um inimigo real, obter honra e glória eternas por matar pessoas totalmente estranhas, e voltar para casa com o peito coberto de medalhas e condecorações era o ápice de minha esperança.... Foi a isso que dediquei toda a minha vida até aqui, a minha educação, a minha formação, tudo...."[6]

São as palavras de um jovem inglês que lutou na última guerra. Diante delas, será que os atuais pensadores acreditam honestamente que, ao escreverem, sentados a uma mesa de reunião, "desarmamento" numa folha de papel, terão feito tudo que precisa ser feito? A profissão de Otelo será extinta;[7] mas ele continuará sendo Otelo. O jovem aviador lá no alto do céu é movido não apenas pelas vozes dos alto-falantes; ele é movido pelas vozes dentro dele mesmo – por instintos antigos, instintos nutridos e valorizados pela educação e pela tradição. Deve-se culpá-lo por esses instintos? Conseguiríamos nós desativar o instinto maternal em obediência à ordem de uma mesa cheia de políticos? Supondo que um dos imperativos das condições de paz fosse: "A maternidade ficará restrita a um grupo muito pequeno de mulheres especialmente selecionadas", nós nos submeteríamos a ele? Ou deveríamos dizer "o instinto maternal é a glória de uma mulher. Foi a isso que dediquei toda a minha vida, minha educação, formação, tudo...."? Mas se fosse necessário, pelo bem da humanidade, pela paz do mundo, que a maternidade fosse restringida e o instinto maternal, reprimido, as mulheres tentariam fazê-lo. Os homens lhes prestariam ajuda. Eles as homenageariam por sua recusa a porem filhos no mundo. Eles lhes dariam outras oportunidades para o seu poder criativo. Isso também deve fazer parte de nossa luta pela liberdade. Devemos ajudar os jovens ingleses a extirpar deles mesmos o amor por medalhas e condecorações. Devemos criar atividades mais honradas para aqueles que tentam combater em si mesmos o instinto guerreiro, o hitlerismo subconsciente. Devemos compensar o homem pela perda de sua arma.

O som de serra por sobre a cabeça aumentou. Todos os holofotes estão erguidos. Ele miram um ponto exatamente sobre este teto. A qualquer momento uma bomba pode cair exatamente neste quarto. Um, dois, três, quatro, cinco, seis... os segundos passam. A bomba não caiu. Mas durante esses segundos de suspense todo pensamento estacou. Toda sensação, exceto a de um embotado pavor, estacou. Um prego fixou o ser inteiro numa tábua dura. A emoção do medo e do ódio é, portanto, estéril, infértil. Assim que o medo passa, a mente se abre e instintivamente renasce, ao tentar criar. Como o quarto é escuro, ela só pode criar de memória. Ela se abre à lembrança de outros agostos – em Bayreuth, ouvindo Wagner;[8] em Roma, passeando pela Campagna;[9] em Londres. Vozes de amigos chegam de volta. Fragmentos de poesia retornam. Cada um desses pensamentos, mesmo na memória, era muito mais positivo, revivificante, curativo e criativo que o embotado pavor feito de medo e ódio. Portanto, se é para compensar o homem jovem pela perda da glória e da arma, devemos conceder-lhe acesso a sentimentos criativos. Devemos criar felicidade. Devemos libertá-lo da máquina. Devemos tirá-lo da prisão e levá-lo para fora. Mas de que adianta libertar o jovem inglês se o jovem alemão e o jovem italiano continuarem escravos?

Os holofotes, tremeluzindo ao longo da planície, detectaram agora o aeroplano. Desta janela, pode-se ver um pequeno inseto prateado dando voltas e mais voltas sob a luz. Os canhões começam o seu pop pop pop. Depois param. Provavelmente o aeroplano invasor foi abatido por detrás do morro. No outro dia, um dos pilotos aterrissou são e salvo num campo perto daqui. Ele disse aos seus captores, falando, num inglês bastante razoável: "Estou tão feliz que a batalha tenha terminado!". Então, um inglês deu-lhe um cigarro, e uma inglesa preparou-lhe um chá. Isso parece mostrar que, se conseguirmos libertar o homem da máquina, a semente não cairá, toda ela, em terra árida. A semente poderá fertilizar.

Por fim, todos os canhões silenciaram. Todos os holofotes se apagaram. A escuridão natural de uma noite de verão retorna. Os inocentes sons do campo são novamente ouvidos. Uma maçã despenca no chão. Uma coruja pia, voando de uma árvore para a outra. E algumas palavras meio esquecidas de um antigo escritor inglês vêm à mente: "Os caçadores estão de pé na América...".[10] Enviemos essas notas incompletas aos caçadores que estão de pé na América, aos homens e às mulheres cujo sono ainda não foi interrompido pela fuzilaria das metralhadoras, na crença de que eles as repensarão generosa e caridosamente, dando-lhes talvez uma forma que possa ser de utilidade. E agora, na metade ensombrecida do mundo, ao sono.

Notas

Este ensaio, datado de agosto de 1940, foi publicado em 21 de outubro do mesmo ano na revista americana *New Republic*, quase dois anos depois da publicação de *Três guinéus* e quase cinco meses antes da morte de Virginia (28 de março de 1941). Escrito já em meio aos horrores da Segunda Guerra, o ensaio funciona como um sumário de seu pensamento sobre as causas da subjugação feminina e sobre os meios de minorá-la ou suprimi-la. É o ato final de Virginia em prol da liberdade geral, de homens e mulheres, que começa pela supressão das causas que estão na raiz do "instinto guerreiro" e do "hitlerismo subconsciente" dos homens. Patriarcado e militarismo estão, para ela, indissoluvelmente ligados. E, mais uma vez, ela reafirma o poder dos meios que ela tão bem soube utilizar em *Três guinéus*, o poder da mente – o poder das palavras e das ideias. É significativo que, em 15 de maio de 1940, na época em que preparava este ensaio, ela tenha escrito em seu diário: "Ocorreu-me esta ideia: o exército é o corpo: eu sou o cérebro. O pensamento é a minha luta".

[1] Segundo Stuart N. Clarke, no v. 6 de *Essays of Virginia Woolf*, trata-se de uma frase de Nancy Witcher Langhorne Astor (1879-1964) – Viscondessa Astor, a primeira mulher a ter assento na Câmara dos Comuns – registrada pelo jornal *The Times*, na edição de 22 de agosto de 1940.

[2] Virginia Woolf enfatiza aqui, como faz ao longo de *Três guinéus*, a oposição entre o espaço privado, doméstico, o espaço da casa, e o espaço público do trabalho e da política.

[3] William Blake (1757-1827), poeta inglês, na última estrofe do poema "Jerusalem": "*I will not cease from Mental Fight, / Nor shall my sword sleep in my hand: / Till we have built Jerusalem, / In Englands green & pleasant Land.*" ["Não desistirei da Luta Mental, / Nem descansará minha espada na mão: / Até edificarmos Jerusalém, / Na Terra verde e aprazível da Inglaterra."].

[4] Segundo Stuart N. Clarke, no livro já citado, essas perguntas ecoam as dos versos de Shakespeare em *Os dois cavalheiros de Verona*, IV, 2: "Quem é Sylvia? Quem é ela [...]?".

[5] Na mesma edição do jornal *The Times* referida na nota 4.

6 Segundo Clarke, na obra anteriormente citada, trata-se de uma citação do livro de Franklin Lushington (1892-1964), *Portrait of a Young Man* [*Retrato de um jovem*].

7 Alusão quase literal (no original o verbo está no presente) à frase de Shakespeare, em *Otelo*, III, 3.

8 Virginia, admiradora da obra de Wagner, assistiu ao Festival de Bayreuth, em agosto de 1909. Sua experiência está registrada no ensaio "Impressões de Bayreuth" (v. John Louis DiGaetani, *Richard Wagner and the Modern British Novel*, p. 111-112).

9 O casal Woolf viajou por alguns locais da Itália, incluindo Roma e a área da Campagna, entre 30 de março e 28 de abril de 1927.

10 A frase é do escritor e médico inglês Thomas Browne (1605-1682), em *The Garden of Cyrus* [O jardim de Ciro], cuja continuação ("... e já acordaram de seu primeiro sono na Pérsia.") é aludida a seguir por Virginia. (O "primeiro sono" remete a povos e épocas em que o sono noturno se dividia em turnos.) Ver Jane Goldman, "Virginia Woolf and the Aesthetics of Modernism", em Maroula Joannou, *The History of British Women's Writing, 1920-1945*, para uma interessante análise das possíveis razões pelas quais Virginia omitiu aqui o nome do autor da passagem citada.

A VIDA DA FELICIDADE NATURAL

Em 16 de setembro de 1939, Virginia escreveu à escritora feminista Shena Dorothy Simon (1883-1972), perguntando-lhe qual era sua opinião sobre a relação entre as mulheres e a guerra: "Não quero lhe impor nenhuma carga extraordinária, mas se você explicitasse, em algum momento, qualquer ideia que lhe ocorresse sobre as mulheres e a guerra, isso me seria de grande ajuda". Em 8 de janeiro do ano seguinte, Shena Simon enviou-lhe uma longa resposta em que expunha sua perspectiva sobre a questão que, de modo geral, coincidia com a de Virginia.

É significativo que Virginia utilize a expressão "a vida da felicidade natural" para, aparentemente, descrever um mundo ideal em que a opressão masculina tivesse sido suprimida, e homens e mulheres pudessem viver uma vida comum de cooperação e igualdade. A obra da última Virginia, a que ela desenvolveu nos últimos dez anos de sua vida, tanto a de ficção quanto a ensaística, parece expressar um movimento, talvez utópico, em direção à ideia de comunidade e de uma existência de modéstia e simplicidade, tal como ela a expressou num ensaio escrito em 1934: "Por que não criar uma nova forma de sociedade baseada na pobreza e na igualdade? Por que não juntar pessoas de todas as idades e de ambos os sexos, de todos os matizes de fama e obscuridade, de tal forma que elas possam falar, sem subir em tribunas, ou fazer apresentações, ou vestir roupas caras, ou ter refeições caras?" (v. Naomi Black, "Virginia Woof: The Life of Natural Happiness", em Dale Spender, *Feminist Theorists*, para mais detalhes sobre a ideia da "vida da felicidade natural").

Monk's House, Rodmell, Lewes, Sussex

Querida Shena,
Tive tantas distrações que não consegui escrever – pessoas dormindo aqui, Londres e tudo o mais. Mas não tantas que não pudesse ler seu ensaio. Acho-o muito útil, sugestivo e sólido. Concordo com a maioria de seus argumentos. Seria bom se pudéssemos nos encontrar para discuti-los. O que os americanos querem de mim são opiniões sobre a paz. Bem, elas surgem de opiniões sobre a guerra. Deverei, assim, me concentrar no seu ensaio quando chegar a hora. Nesse meio tempo, pense mais sobre isto: como compartilhar a vida depois da guerra: como combinar o trabalho dos homens e o trabalho das mulheres: na possibilidade, caso se chegue ao desarmamento, de eliminar as deficiências dos homens. É possível mudar as características dos sexos? Em que medida o movimento das mulheres é um experimento notável nessa transformação? Não deveria nossa próxima tarefa ser a emancipação do homem? Como podemos baixar a crista e desarmar o esporão do galo de briga? Essa é a única esperança nesta guerra: os aspectos mais moderados dele e a irrealidade (assim sinto e penso que ele sente) da glória. De qualquer modo, não se fala mais em penas brancas;[1] e a falta de brilho se revela muito mais por debaixo do dourado do que da última vez. Assim tem-se a impressão de que os sexos podem se adaptar: e aqui (essa é nossa tarefa) nós podemos, as jovens mulheres podem, exercer enorme influência. Muitos dos homens jovens, se pudessem obter prestígio e admiração, renunciariam à glória e desenvolveriam aquilo que está agora tão tolhido – quero dizer, a vida da felicidade natural. Desculpe esses garranchos: os canos estão explodindo; uma poça na cozinha. Tudo o que quero dizer é que sou muito grata pelos seus pensamentos; e incluirei o que você diz no que eu possa vir a escrever.
Sua V. W.

Nota

[1] No jargão do "esporte" da briga de galo, a expressão "pena branca" é aplicada a galos tidos como covardes, pois se acreditava que galos com pena branca no rabo eram fracos. No contexto da Primeira Grande Guerra, as mulheres britânicas eram incentivadas a mostrar uma pena branca a homens que não se alistassem para a guerra (tinyurl.com/gtehn73 e tinyurl.com/y8obhpvn). Aqui, Virginia está sugerindo que isso é coisa do passado.

POSFÁCIO

PATRIARCADO E MILITARISMO: PENSAMENTOS DE PAZ EM TEMPOS DE GUERRA

Guacira Lopes Louro

> Um crepitar como o de folhas num bosque chegava-lhe de trás, junto com um som regularmente surdo, sussurrante, que, ao atingi-lo, enquanto subia a Whitehall, ritmava-lhe os pensamentos, em perfeita sincronia, sem nenhuma intervenção de sua parte. Garotos em uniforme, armas nos ombros, marchavam com os olhos postos à frente, marchavam com os braços duros, estampando nas faces uma expressão que era como as letras de uma inscrição ao redor do pedestal de uma estátua, enaltecendo o dever, a gratidão, a fidelidade, o amor para com a Inglaterra (MD, 52).[1]

A cena se passa numa manhã de Londres e faz parte do romance *Mrs Dalloway,* de Virginia Woolf. Peter Walsh, recém-chegado do exterior, observa um grupo de rapazes marchando pelas ruas da cidade. O país já não estava mais em guerra, mas ainda parecia importante (seria sempre importante?) treinar os garotos, prepará-los para que, um dia, fossem capazes de dar a vida pela pátria.

O personagem ecoa, de algum modo, a escritora. Ao olhar de Peter, os jovens parecem franzinos, destinados, provavelmente, a vidas banais. No entanto, seus corpos ganham certa solenidade nesse momento, emprestada pelo juramento que haviam feito recentemente e pela coroa de flores que haviam depositado na tumba dos soldados mortos na Grande Guerra. Peter para e observa, assim como fazem outros homens e mulheres, assim como param os carros e o trânsito. Todos tinham de "mostrar respeito", ele pensa. Não consegue acompanhá-los, mas vê como passam pelas estátuas dos grandes heróis da pátria e entende que, de certo modo, eles vão se moldando ou se identificando com elas, "adquiri[ndo], com o tempo, um olhar de mármore" (MD, 53).

Virginia Woolf viveu num tempo de guerra. Por toda a Europa, antagonismos e tensões se mostravam evidentes bem antes de eclodir a chamada Grande Guerra. Sensível aos desastres sociais e à destruição que os embates nacionalistas provocavam, Virginia seria sempre radicalmente pacifista e corajosa crítica do militarismo. Em seus diários, cartas, ensaios e romances, ela registra sua repulsa à violência, ao arbítrio e à tirania. A paz assinada em 1918 logo iria se revelar precária. Pouco a pouco iam se gestando os movimentos fascistas e o nazismo. A guerra na Espanha consome milhares de jovens, não apenas daquele país, mas de muitos outros. Jovens que voluntariamente pegam em armas para lutar contra o franquismo. Entre eles está o sobrinho preferido de Virginia, Julian Bell. Logo tudo se dispõe para um outro conflito – imenso, devastador. Um conflito que chegará, literalmente, até o quintal de sua casa. Um conflito que irá arrastar e arrasar tudo e todos. Virginia morre antes que a II Grande Guerra tenha chegado ao fim.

Na sua obra é possível perceber as marcas desse tempo e, especialmente, sua recusa em justificá-lo em nome do que quer que seja.

No ensaio "Pensamentos sobre a paz durante um ataque aéreo", que integra esta coletânea, Virginia fala em primeira pessoa ao narrar a experiência direta e intensa dos bombardeios. Surpreendentemente, mais forte do que o terror da morte, o que toma conta de sua mente é a preocupação sobre o que fazer para projetar a paz.

> Os alemães estiveram sobre esta casa na última noite e na noite anterior. Aqui estão eles de novo. É uma experiência estranha,

> ficar deitada no escuro e escutar o zumbido de uma vespa que pode nos ferrar de morte a qualquer instante. É um som que interrompe um pensamento sereno e consequente sobre a paz. Todavia é um som que deveria – muito mais que o de preces e hinos – nos compelir a pensar sobre a paz. A menos que possamos prefigurar a existência da paz, nós – não este corpo específico nesta cama específica, mas milhões de corpos ainda por nascer – ficaremos deitados na mesma escuridão e ouviremos o mesmo estertor de morte sobre as nossas cabeças (MDC, 123).

O tempo da guerra é um tempo perdido. Tempo de deterioração, devastação e desperdício. Em *O tempo passa* é para uma casa de veraneio abandonada pela família durante a guerra que Virginia nos faz olhar. A chuva, a maresia e o vento, os móveis destruídos, os objetos e as roupas sem uso são as testemunhas da passagem do tempo.

> Todas as camas estavam vazias; os ares extraviados, espiões, guarda-avançada de grandes exércitos, roçavam colchões nus e, à medida que beliscavam e molhavam e sopravam por todos os lados, não encontravam nada que lhes resistisse inteiramente, mas apenas tapeçaria pendurada que ficava batendo, madeira que rangia, os pés nus das mesas, caçarolas e porcelanas já encrostadas, manchadas, partidas. Aquelas coisas que as pessoas tinham tirado e deixado pra trás – um par de sapatos, um boné de caça, algumas camisas desbotadas e casacos em guarda-roupas –, apenas essas conservavam a forma humana e no vazio indicavam como outrora estiveram recheadas e animadas; como outrora as mãos estiveram ocupadas com ganchos e botões; como outrora o espelho estampara um rosto, inclinado, olhando; estampara um mundo cavado no qual uma figura se virava, uma mão gesticulava, a porta se abria, crianças entravam; correndo e caindo; saíam de novo (TP, 19).

A destruição da casa ressoa a destruição das vidas que ali haviam vivido. O que fica deste tempo é apenas o vazio. A zeladora, encarregada de arrumar tudo para o retorno de parte da família, pensa que "muitas coisas tinham mudado desde então [...] todo mundo tinha perdido alguém durante esses anos. Os preços tinham subido vergonhosamente e, pior, nunca mais tinham baixado" (TP, 39).

Difícil concordar com aqueles que atribuem um caráter apolítico à obra de Virginia. Para corroborar essa afirmação, costumam citar comentário feito por seu marido, Leonard, em 1967: "Virginia foi o animal menos político que já viveu desde que Aristóteles inventou essa definição". Assim interrompida, a citação fica provavelmente distorcida. Leonard segue descrevendo sua mulher e lembra que muitos de seus críticos e biógrafos não a conheceram ou se enganaram sobre ela.

> Ela era intensamente interessada pelas coisas, pelas pessoas e pelos acontecimentos e, como demonstram seus novos livros, extremamente sensível ao ambiente que a rodeava, fosse ele pessoal, social ou histórico. Ela era, pois, a última pessoa que poderia ignorar as ameaças políticas sob as quais todos nós vivíamos (Leonard Woolf citado por Brewer, 1999, p. 15).

A literatura de Virginia, frequentemente considerada impressionista, por vezes evasiva ou desconcertante, pode ser lida como sua resposta estética e crítica, portanto sua resposta política, à sociedade em que vivia.

Em *O quarto de Jacob* essas características estão muito presentes. A narrativa é construída através de fragmentos de cenas e situações, de diálogos esparsos e interrompidos; mesmo o protagonista nunca é completamente desvendado. Espreitamos Jacob, ouvimos o que os outros pensam sobre ele, mas nunca efetivamente o conhecemos. De um modo ou de outro, Jacob sempre nos escapa. Esse sentimento de expectativa em relação ao personagem é acompanhado por uma expectativa mais ampla. Ao longo da leitura, temos a impressão de que algo está para acontecer, algo que parece ser sempre adiado. É a guerra que se aproxima, sugerida pela autora nos fiapos de conversas, na descrição da paisagem ou na introdução de um ou outro personagem. Nos capítulos finais, a Grande Guerra fica exposta.

> Os encouraçados varrem com suas luzes o Mar do Norte, mantendo suas bases acuradamente separadas. A um dado sinal todas as armas são apontadas para um alvo (o artilheiro-mestre conta os segundos, relógio na mão – ao sexto ele levanta a cabeça) que explode em estilhaços. Com igual indiferença, uma dúzia de rapazes na flor da idade desce com rostos serenos às profundezas do mar; e ali, impassivelmente (embora com perfeito domínio do equipamento) sufocam juntos sem nenhuma queixa. Como blocos de soldadinhos de chumbo, o exército ocupa o trigal, escala a colina, detém-se, cambaleia levemente para um lado e para o outro, e desaba, exceto que, através de binóculos, pode-se ver que uma ou duas peças ainda se agitam para cima e para baixo como fragmentos de fósforos quebrados (QJ, p. 157).

O desperdício desmesurado das vidas se mostra ainda mais dramático quando o olhar se põe sobre uma delas. Entre os personagens construídos por Virginia, talvez aquele que expresse com mais crueza os efeitos da guerra seja Septimus, em *Mrs Dalloway*. Um dos primeiros a se alistar voluntariamente, Septimus tinha ido lutar na França. A guerra o havia transformado. Aos olhos de seu antigo patrão, o rapaz provavelmente havia se tornado mais viril, ele tinha sido promovido, fizera amizade com os companheiros. Septimus, de fato, tinha estado "bem no centro de tudo". Suas emoções, no entanto, pareciam ter se petrificado naquele momento. Quando seu melhor amigo foi morto, "congratulou-se por reagir tão contida e racionalmente. A Guerra tinha lhe dado uma lição. Foi sublime. [...] As últimas granadas por pouco não o atingiram. Foi com indiferença que as viu explodirem" (MD, 88).

Ao voltar da batalha, ele parece perdido. Estranhamente, um homem que fora tão corajoso agora chora, fala sozinho, ou fala com o amigo morto. "Era um caso de colapso total – de total colapso físico e nervoso, com todo o sintoma de que estava num estágio avançado" –, diz o médico quando o examina (MD, 97).

Aniquilado pela guerra, Septimus se suicida. Diante do corpo, o médico não pode deixar de exclamar: "O covarde!". Mais tarde, na festa de Clarissa Dalloway, Sir William Bradshaw e a esposa comentam o caso que tinha provocado seu pequeno atraso: "'Um jovem (era o que Sir William estava contando ao sr. Dalloway) tinha se matado. Ele tinha servido o exército'. Oh! pensou Clarissa, eis que surge a morte, pensou ela, bem no meio da minha festa" (MD, 185-186). A perfeita anfitriã, sempre preocupada com o sucesso de seus encontros sociais, se indaga: "O que é que os Bradshaw tinham de falar de morte na sua festa?" (MD, 186).

Virginia expressa, ao longo da vida, sua profunda recusa à guerra e à banalização da morte. Mas sua crítica vai além, muito além, da rejeição às armas. Ela denuncia a estreita ligação entre a violência explícita dos choques entre Estados-nações e a violência miúda, cotidiana, do mundo privado. Segundo ela, haveria um fio quase imperceptível – mas efetivo – entre os tiranos que ameaçam os povos e os tiranos que atuam no interior das famílias. O repúdio que, clamorosamente, é feito aos primeiros, não costuma, no entanto, se estender aos do mundo doméstico. Muito pelo contrário, a força dos costumes e da tradição reitera o poder desses pequenos tiranos, o poder dos pais, dos maridos e dos irmãos sobre as mulheres da casa. A crítica de Virginia à violência e às guerras funda-se na sua crítica ao patriarcado.

Em *Ao farol,* talvez encontremos o personagem que de forma mais transparente expõe e encarna a tirania doméstica. O romance abre com a sra. Ramsay concordando com o pedido do filho para irem ao farol: "Sim, claro, se amanhã fizer bom tempo" (AF, 5). Com prazer ela observa o pequeno James brincar, consciente de que "ao filho essas palavras transmitiam uma alegria extraordinária". O pai, então, proclama: "Mas não fará bom tempo" (AF, 6). Sua declaração tem a força de um imperativo capaz de adiar, talvez para sempre, a ida ao farol. A narrativa torna visível os

> [...] extremos de emoção que o sr. Ramsay provocava no peito dos filhos por sua simples presença; em pé, como agora, fino como uma faca, estreito como a lâmina de uma faca, sorrindo sarcasticamente, não apenas pelo prazer de desiludir o filho e expor ao ridículo sua mulher [...], mas também por alguma secreta

presunção a respeito da certeza de seu próprio julgamento. O que ele dizia era verdade. Era sempre verdade (AF, 6).

O pai, aparentemente onipotente, é, ao mesmo tempo, carente de toda atenção. Ele demanda obediência, exige respeito, incita medo, cobra fidelidade. Mesmo adultos, os filhos do sr. Ramsay o temem. "Mesmo agora [pensa a filha] ela acordava no meio da noite tremendo de raiva e se lembrava de alguma ordem dele; de alguma insolência. 'Faça isso', 'Faça aquilo', sua dominação: seu 'Submeta-se a mim'" (AF, 146).

Passados tantos anos, depois da morte da mãe e do fim da guerra, ela e o irmão mais novo se sentem de certo modo cúmplices e vítimas silenciosas do poder do pai: "Ele é um grosseirão sarcástico, diria James. Ele faz a conversa girar em volta de si mesmo e de seus livros, diria James. Ele é intoleravelmente egoísta. Pior de tudo, ele é um tirano!" (AF, 163).

Nada disso, no entanto, era expresso em voz alta.

O sr. Ramsay representa, exemplarmente, a opressão patriarcal que Virginia percebia como constante na sociedade e que ela própria vivera dentro de casa. Não são poucos os pontos de contato entre o personagem e a figura de seu pai Leslie Stephen. Em *Moments of Being*, Virginia conta como ela e a irmã Vanessa se uniram numa espécie de "conspiração" (MB, 143).

> Todos os dias tínhamos que batalhar por aquilo que nos era sempre surrupiado, ou falseado. O obstáculo mais iminente, a pedra mais opressiva assentada em cima de nossa vitalidade e seu esforço por sobreviver era, naturalmente, o pai (MB, 144).[2]

Ela recorda também o quanto temiam a chegada da quarta-feira, dia em que as contas semanais eram apresentadas a ele. O pai fazia, então, uma cena: enfurecia-se com os gastos e ao mesmo tempo se lamuriava. De forma semelhante, quase ao final de *Ao farol*, vemos que o sr. Ramsay parece mesquinho aos olhos dos filhos. Eles sabiam que o pai costumava anotar todas as despesas miúdas na folha de guarda do livro que estava lendo e que "tudo era somado ordenadamente no final da página" (AF, 163).

Virginia via ligação e continuidade entre a família patriarcal e as estruturas do Estado. Homens autoritários (e frequentemente violentos) exerciam sobre as mulheres total dominação, demandavam obediência irrestrita, dedicação e entrega completa aos cuidados e à manutenção do lar, ao funcionamento doméstico. No ensaio "Profissões para as mulheres" (nesta coletânea), ela apresenta a figura do "Anjo da Casa", a mulher que se "destacava nas difíceis artes da vida em família", aquela que "se sacrificava diariamente", que era "intensamente compreensiva", "absolutamente altruísta" (MDC, 30-31). Essa mulher, como uma espécie de fantasma, assombrava e impedia a ela e a tantas outras mulheres de escrever ou se dedicar a outras profissões. Era preciso, portanto, lutar contra ela, livrar-se do "Anjo da Casa", matar o fantasma que, apesar de tudo, parecia sempre "ressurgir sorrateiramente" (MDC, 33).

Às mulheres estavam vedadas as possibilidades de desenvolvimento intelectual, artístico, científico; barrado o exercício do trabalho remunerado; vedada a possibilidade de pensar e discordar, argumentar e criar. Contundentemente, Virginia afirmava que essas limitações não eram apenas representativas das hierarquias sociais, mas também se constituíam na expressão primeira de tais hierarquias. A opressão feminina, irreconhecível e legitimada, estava na base das outras formas de opressão – exercidas todas, fundamentalmente, pelos homens.

Em *A Room of One's Own,* ela escreve:

> As mulheres têm servido todos esses séculos como espelhos que possuíssem a mágica e deleitável capacidade de refletir a figura do homem duas vezes o seu tamanho natural. Sem essa capacidade, a terra ainda seria provavelmente pântano e selva. As glórias de todas as nossas guerras seriam desconhecidas. [...] O czar e o cáiser nunca teriam sido coroados nem perdido suas coroas. Qualquer que possa ser seu uso nas sociedades civilizadas, os espelhos são essenciais para todas as ações violentas e heroicas. É por isso que

> tanto Napoleão quanto Mussolini insistiram tão enfaticamente na inferioridade das mulheres, pois, se elas não fossem inferiores, eles deixariam de ter sua estatura aumentada. Isso serve para explicar, em parte, o quanto as mulheres são, tão frequentemente, necessárias para os homens (AROO).

E acrescenta: se a mulher "começa a dizer a verdade, a figura no espelho encolhe; a capacidade dele para a vida diminui" (AROO).

Em *Moments of Being*, Virginia lembra que o pai, embora ocultasse em público sua necessidade constante de elogios, não tinha nenhum pudor de expressá-la diante das filhas. Ao comentar as frequentes cenas paternas, ela registra, em seu diário:

> Para nós, ele era, em sua demanda por elogio, exigente, ávido, despudorado. Se, pois, essas dissimulações e carências forem reunidas, é possível que a razão para essa brutalidade para com Vanessa fosse que ele tinha uma carência incomum; e a recusa dela em aceitar seu papel, parte escrava, parte anjo, o irritava; essa recusa represava a torrente de autopiedade que se tornara inevitável e provocava nele instintos dos quais ele não tinha consciência (MB, 145).

Mais uma vez a figura do sr. Ramsay, em *Ao farol,* pode ser lembrada. Depois da guerra, quando finalmente retornam à casa de veraneio, Lily, uma pintora amiga da família, observa: "Aquele homem, pensou, a raiva crescendo dentro dela, nunca dava; aquele homem tirava. Ela, por outro lado, seria obrigada a dar. A sra. Ramsay tinha dado. Ela morrera dando, dando, dando..." (AF, 129). Lily percebe que o homem, lamuriando-se da expedição ao farol que finalmente seria realizada, espera dela uma reação "feminina":

> O sr. Ramsay suspirou profundamente. Ele esperava. Não ia ela dizer alguma coisa? Não via o que ele desejava dela? [...] Olhe para mim, ele parecia estar dizendo, olhe para mim; e, na verdade, durante todo o tempo ele estava pensando: Pense em mim, pense em mim (AF, 131).

Mas Lily não conseguia dizer nada.

> Ficaram ali, isolados do resto do mundo. Sua imensa autocomiseração, sua necessidade de simpatia jorrava e formava poças aos pés deles, e tudo o que ela fazia, pobre pecadora que era, era apertar um pouco mais a saia em volta dos tornozelos para não se molhar. Ficou ali em completo silêncio, segurando o pincel (AF, 131).

Virginia sabe que este arranjo social está profundamente entranhado na sociedade. Ele parece perene. Ela entende, contudo, que ele não é inerente à natureza dos sexos. Reconhece que há homens que não apoiam nem fazem uso da violência; homens que não compartilham da paixão pelas armas e, até mesmo, abominam a guerra e desejam a paz. Mas é evidente que os homens e as mulheres têm sido educados de formas distintas ao longo dos tempos e essas diferenças têm servido para manter e naturalizar a supremacia masculina e a subordinação feminina. Essas diferenças também têm levado os homens a apreciar as disputas, os embates físicos, o uso da força, os títulos e as honrarias, a dissimulação do medo e dos sentimentos. A diferença de educação entre homens e mulheres (mesmo nas classes instruídas) é, no seu entender, crucial.

Ela compreende que a superioridade masculina é produzida e garantida ao se permitir aos homens o acesso e o usufruto de fontes e recursos que são negados às mulheres; ao permitir-lhes a circulação por espaços que são vedados a elas; ao permitir-lhes a expressão franca de opinião que é proibida a elas. A superioridade dos homens é mantida, ainda, ao se considerar inferiores ou pouco importantes os saberes femininos; os conhecimentos, as habilidades e os valores que as mulheres aprendem e ensinam no âmbito privado. O exercício da autoridade é parte integrante – e exclusiva – da formação masculina; a obediência acompanha a formação feminina. Cabe aos homens decidir os destinos de suas mulheres e de seus filhos; cabe a eles, também, decidir os destinos das nações.

Em *O quarto de Jacob*, logo após se referir aos jovens envolvidos nas manobras militares, Virginia escreve:

> Essas ações, juntamente com o incessante negócio dos bancos, laboratórios, chancelarias e casas de comércio, são as remadas que conduzem o barco do mundo para a frente, segundo dizem. E elas são dadas por homens tão regularmente esculturados quanto o impassível policial postado no Ludgate Circus. Mas notaremos que, longe de ser estufado e rotundo, seu rosto é rígido graças à força de vontade e magro graças ao esforço de mantê-lo assim. Quando o braço direito se ergue, toda a força em suas veias flui direto do ombro para as pontas dos dedos; nem sequer uma minúscula fração é desviada para alimentar impulsos repentinos, arrependimentos sentimentais, distinções milimétricas. Os ônibus param imediatamente (QJ, 157-158).

O treino para ocupar o lugar de mando – o lugar masculino por excelência – exige disciplinamento, destemor, objetividade, tenacidade, rigor, ou seja, exige o desenvolvimento da "virilidade". Era isso que o antigo patrão de Septimus, o sr. Brewer, acreditava que o jovem conseguira nas trincheiras do exército. Ali provavelmente tinha acontecido "a mudança que ele pretendia" quando antes da guerra havia recomendado o futebol para o rapaz: ele se tornara "viril" (MD, 87).

Em determinado momento da vida, parece indispensável que os meninos rompam com o espaço doméstico e se lancem para fora da proteção do lar. A preparação dos garotos para o mundo, isto é, para o mundo público, implica testá-los em situações de dificuldade, disciplina e resistência; em situações de dureza que demandem entrega física e coragem; implica colocá-los juntos, sim, fazendo-os partilhar dessas provas e experiências, mas, ao mesmo tempo, supõe incentivar a competição e a disputa entre eles – premiando os vencedores e os fortes, repreendendo e corrigindo os fracos.

Virginia vê o treino para o exercício das prerrogativas da masculinidade como um atestado da continuidade entre os mundos privado e público. São muitas as instituições sociais que se encarregam dessa tarefa e, dentre elas, se destacam, de modo especial, as instituições militares. Ali os jovens encontram segurança nas ordens de seus superiores e camaradagem no convívio com seus pares; conhecem o orgulho dos uniformes; comungam da memória dos heróis; aspiram às honras e às medalhas.

Os "garotos em uniforme", que chamam a atenção de Peter Walsh em sua marcha pelas ruas de Londres, estão treinando seus corpos e mentes para a virilidade. Com os "olhos postos à frente", desfilam diante das estátuas dos heróis e rendem homenagem no túmulo dos soldados mortos. Uns e outros podem ser tomados como modelo – a pátria demanda e merece que arrisquem a vida por ela. Atraídos pelos rituais, aparatos e trajes, os jovens são também seduzidos pela possibilidade da glória, mesmo que esta chegue apenas depois da morte.

Num tempo de guerra, mais do que nunca, militarismo e masculinismo constituem um par indissolúvel. A guerra é, seguramente, um negócio de homens.

Em *Três guinéus* esse tema está no centro da narrativa. Sem recursos alusivos, digressões ou metáforas, é tratado de forma direta e contundente. O livro tem características peculiares: não é um romance, no sentido estrito do termo, nem pode ser considerado um panfleto político, como muitos acreditam. Constrói-se em torno de uma carta escrita por uma mulher em resposta a um homem que pede sua opinião sobre a forma de evitar a guerra. Ao longo do livro, essa mulher-narradora faz menção a outras cartas que lhe pedem doações para educação das mulheres ou adesão a associações pacifistas. Para respondê-las, desenvolve uma longa argumentação na qual deixa evidentes as estreitas relações entre os mundos público e privado e sua forte crítica à situação das mulheres na sociedade. O caráter epistolar do livro favorece o emprego de uma linguagem mais pessoal, coloquial e objetiva. No entanto, mesmo que *Três guinéus* possa ser lido como um texto político, é, ainda, uma obra de ficção, uma vez que tanto a mulher que escreve quanto seus correspondentes são fictícios, bem como são fictícias as cartas mencionadas. Seja como for, a voz de Virginia parece que fala mais alto através dessa narradora missivista.

"Embora vejamos o mesmo mundo, nós o vemos com olhos diferentes" (TG, no prelo), diz a mulher. Este é o ponto ao qual ela recorre, constantemente, em sua argumentação. E, se os dois gêneros veem o mundo de modo diferente, por certo também é assim que veem a guerra. "Obviamente há, para vocês [homens], alguma glória, alguma necessidade, alguma satisfação em lutar, que nós nunca sentimos ou de que nunca tiramos prazer" (TG). Para demonstrar seu ponto de vista, ela cita depoimentos de soldados e de biógrafos e declara: "Aqui, pois, estão três razões que levam o sexo que o senhor representa a lutar: a guerra é uma profissão; uma fonte de felicidade e estímulo; e é também um meio de vazão para qualidades viris, sem as quais os homens se deteriorariam" (TG).

A missivista amplia sua argumentação contemplando todo o universo masculino que se caracteriza por prerrogativas negadas às mulheres e que recorre a inúmeros aparatos e rituais para expor e demarcar seu lugar social. Lembra as vestimentas e as cerimônias com que os homens marcam suas atividades como militares e juízes, clérigos e mestres universitários; como eles agregam aos seus nomes títulos e letras maiúsculas que, afinal, servem para instigar a competição, o temor, a inveja. Ela não hesita em apontar o ridículo desses trajes e solenidades, etiquetas e honrarias, afirmando que tudo isso deixa as mulheres assombradas e deve exercer, seguramente, uma "função publicitária", pois não serviria senão para "apregoar a posição social, profissional ou intelectual daquele que os veste" (TG). (Vale notar que Virginia acrescenta ao livro fotografias que mostram, engalanados, um general, um juiz, um arcebispo, além de um imponente cortejo universitário e uma comitiva de arautos. As imagens ilustram, espetacularmente, o argumento da narradora.)

Ainda que *Três guinéus* tenha sido considerado por muitos como um livro sobre a guerra, ele transcende o tema. Trata de tiranias para além das que então se concretizavam, assustadoramente, nas figuras de Hitler, Mussolini, Franco e outros líderes autocráticos. A tirania doméstica, insidiosamente vigente, inflama a argumentação da mulher que escreve. As duas tiranias, a dos Estados e a das famílias, estavam indissoluvelmente unidas, insiste ela, arranjadas num *continuum* que precisava ser denunciado. A voz da missivista ressoa a da escritora. "Para Virginia", afirma Naomi Black (2004, p. 7), "a guerra é apenas um dos produtos, assumidamente o pior dos produtos, de um sistema de poder e dominação que tem suas raízes na hierarquia de gênero". Com tão contundente argumentação, *Três guinéus*, mais do que qualquer outro livro de Virginia Woolf, gerou polêmica e provocou hostilidades à época de sua publicação.

Uma vez que instituições, espaços, direitos e atribuições são tão diferentes para homens e mulheres, parece razoável admitir que os sentimentos que cada gênero experimenta em relação ao país que lhe concede (ou lhe nega) essas prerrogativas também sejam diferentes. No texto central da presente coletânea, "As mulheres devem chorar... Ou se unir contra a guerra", a protagonista indaga se amor, gratidão, fidelidade, dever, honra, em uma palavra, patriotismo, teria para uma mulher o mesmo significado que tem para um homem: "Tem ela as mesmas razões para se orgulhar da Inglaterra, para amar a Inglaterra, para defender a Inglaterra? Tem ela sido 'imensamente abençoada' na Inglaterra?" (MDC, 75) Não parece haver dúvida de que as respostas a tais questões serão negativas, o que a leva a concluir que a interpretação que a mulher faz do patriotismo terá de ser, seguramente, diferente da do homem. Assim sendo, acrescenta: "essa diferença pode fazer com que se torne extremamente difícil para ela compreender a definição de patriotismo dada por [seu irmão] e os deveres que ele impõe" (MDC, 75).

Se a literatura de Virginia pode ser lida como sua resposta estética e política à guerra, ela também é, certamente, sua resposta feminista à sociedade em que vivia.

No entanto, provavelmente não seria adequado afirmar que Virginia assumia o feminismo como uma causa. Embora próxima de alguns grupos feministas, ela fazia certas ressalvas ao movimento e não parecia confortável com tal qualificação. Virginia, de fato, desconfiava das causas, do quanto estas tornavam rígidos seus seguidores. Ela desconfiava daqueles que se lançavam, com fervor, à tarefa de converter os demais a uma ideia, uma religião, um partido. Comprometida com o que via ao seu redor, fiel a seus sentimentos, Virginia simplesmente escrevia, escrevia e escrevia.[3]

"Como mulher, não tenho nenhum país. Como mulher, não quero nenhum país. Como mulher, meu país é o mundo inteiro" – declara a missivista de *Três guinéus*. Sua resposta é pessoal; ela não fala em nome de uma associação ou de um grupo. Contudo, talvez não por acaso, ela passa a usar, em muitos momentos de sua carta, o "nós". Ainda que fale por si, sua voz e sua argumentação podem ser compreendidas como representativas de todas as mulheres. A missivista busca demonstrar a seu interlocutor a conexão que ele desconhece (ou se recusa a perceber) entre a luta das mulheres e a luta pacifista:

> As filhas dos homens instruídos que eram chamadas, para sua indignação, de "feministas", eram, na verdade, a vanguarda de seu próprio movimento. Elas combatiam o mesmo inimigo que o senhor está combatendo e pelas mesmas razões. Elas combatiam a tirania do Estado patriarcal tal como o senhor está combatendo a tirania do Estado fascista. Assim, estamos simplesmente levando adiante a mesma luta que nossas mães e avós travaram; as palavras delas provam isso; suas palavras provam isso. Mas agora com sua carta à nossa frente temos a sua promessa de que o senhor está lutando conosco, não contra nós (TG).

Enfaticamente, ela demonstra ao homem que os fatos e as imagens que o horrorizam – os corpos mutilados, os mortos e as ruínas da guerra – também horrorizam as mulheres. E segue, lembrando-lhe que há uma figura que assume o primeiro plano quando se reflete sobre tudo isso: a figura de um homem que posa arrogante, uniformizado – o "fuhrer" ou o "duce", enfim, o ditador, o tirano. Essa figura, afirma a mulher, sugere a estreita vinculação do mundo privado e do mundo público: "as tiranias e os servilismos de um são as tiranias e os servilismos do outro" (TG).

A exposição e a argumentação denunciam, de modo incisivo, as condições sociais desiguais de homens e mulheres, mas a carta da narradora não se resume à denúncia, nem se resigna ao pessimismo e à desesperança. Seu interlocutor é, afinal, um homem que lhe pede uma opinião para evitar a guerra. Então, de algum modo, eles podem ser aliados. Ambos parecem decididos a pôr um fim na destruição e na violência; ambos sonham com a paz e a liberdade.

A missivista reconhece que os caminhos ou os métodos que mulheres e homens escolhem para realizar este propósito são diferentes. Não por acaso, a própria Virginia experimentou pessoalmente essas diferenças. Muitos de seus amigos e parceiros intelectuais, incluindo seu marido Leonard, eram pacifistas. No entanto, a forma ou a intensidade com que se entregavam à tarefa da paz era distinta da sua. Enquanto alguns, como Leonard, apostavam nas instituições (como a Liga das Nações) para alcançar o fim dos conflitos, e outros, diante do grande inimigo, acabavam por admitir o uso da força, Virginia entendia que apenas a abolição do sistema patriarcal seria capaz de garantir uma mudança efetiva na sociedade e, consequentemente, de levar à abolição das guerras.

E essa tarefa não lhe parecia impossível. Ela sonhava com a mudança, ela sonhava com uma nova sociedade. No conto "Uma sociedade", reproduzido na presente antologia, Virginia já indicava algumas das características desse novo arranjo social no qual a posição subordinada das mulheres não mais existiria. Em "Pensamentos sobre a paz durante um ataque aéreo", também publicado aqui, supondo que os homens pudessem se sentir lesados por suas perdas, ela afirma que seria preciso "ajudar os jovens ingleses a extirpar deles mesmos o amor por medalhas e condecorações"; seria preciso "criar atividades mais honradas para aqueles que tentam combater em si mesmos o instinto guerreiro, o hitlerismo subconsciente"; seria preciso, enfim, "compensar o homem pela perda de sua arma" (MDC, 126). Para realizar efetivamente esse objetivo seria preciso criar condições de acesso a "sentimentos criativos" (e por certo não apenas para os homens, mas também para as mulheres). Em outra ocasião, numa de suas cartas aqui transcritas, Virginia escreve sobre a criatividade das mulheres:

> É preciso que as mulheres tenham liberdade de experiência; que elas difiram, sem medo, dos homens, e que expressem sua diferença abertamente [...] que toda atividade da mente seja

> estimulada, de modo que sempre exista um núcleo de mulheres que pensem, inventem, imaginem e criem tão livremente quanto os homens, e sem nenhum medo do ridículo e da condescendência (MDC, 43).

No ensaio "As mulheres devem chorar" e em *Três guinéus,* a narradora-missivista expõe de modo expressivo os elementos que poderiam sustentar uma nova sociedade onde mulheres e homens conviveriam em igualdade. Não bastaria estender às mulheres a educação, os ofícios e os títulos que os homens detêm, diz a missivista. De pouco adiantariam tais manobras porque as marcas da competição e da disputa, a ânsia por vitória e sucesso contaminariam igualmente as mulheres e, assim, contaminariam a todos. Os homens também são, afinal, vítimas desse sistema. A transformação radical da sociedade teria de se assentar numa transformação radical da educação de homens e mulheres.

Em "As mulheres devem chorar", a narradora questiona: "como podemos [nós, mulheres] ingressar nas profissões e ainda assim continuarmos seres humanos civilizados, seres humanos que desencorajam a guerra?" (MDC, 88). E ensaia uma resposta que talvez surpreenda, ao afirmar que não se deve renegar a educação própria das mulheres, mas sim preservá-la e combiná-la com outros bens.

> Se vocês se recusarem a se separar das quatro grandes mestras das filhas dos homens instruídos – a pobreza, a castidade, a irrisão, e a liberdade relativamente a lealdades irreais – mas combinarem-nas com alguma riqueza, algum conhecimento e alguma dedicação às lealdades reais, então vocês poderão ingressar nas profissões e escapar dos riscos que as tornam indesejáveis (MDC, 88).

Portanto, para a construção da nova sociedade seria indispensável recuperar virtudes que, por longos anos, foram exclusivas da formação feminina. Para as mulheres sempre se pregou a pobreza e a castidade, o menosprezo à notoriedade, à ostentação e às distinções. Sendo assim, uma nova sociedade se assentaria numa educação na qual não se aspirasse ter mais dinheiro do que o necessário para viver; na qual não se vendesse o cérebro por dinheiro; uma sociedade em que se desprezassem os títulos, as honrarias, a publicidade; na qual se abandonasse o orgulho nacionalista ou o religioso, o orgulho de classe ou o de sexo. A essas características – por séculos incutidas nas mulheres – haveria de se combinar o acesso ao conhecimento e ao lazer, a possibilidade de circulação e expressão que os homens sempre detiveram.

A narradora-missivista já não fala apenas para o suposto destinatário original; ao descrever a nova sociedade, ela fala para todas as mulheres e para todos os homens que se disponham à paz. Ela efetivamente ecoa Virginia e propõe uma sociedade sem hierarquias e opressões; uma sociedade na qual todos se unam num único *front* contra as tiranias, a violência, a misoginia e as guerras.

Apesar de tudo, "a vida da felicidade natural", sonhada por Virginia, permanece, até hoje, uma utopia.

Notas

[1] As obras de Virginia estão referidas ao longo deste artigo pelas iniciais dos títulos e o número da página, quando disponível:

AF – *Ao farol*
MB – *Moments of Being*
MD – *Mrs Dalloway*
MDC – *As mulheres devem chorar... Ou se unir contra a guerra*
O – *Orlando*
QJ – *O quarto de Jacob*
AROO – *A Room of One's Own*
TG – *Três guinéus*
TP – *O tempo passa*

[2] As passagens citadas de *Moments of Being* e *A Room of One's Own* de Virginia Woolf (do original em inglês) foram traduzidas por Tomaz Tadeu.

[3] Faço aqui uma alusão a *Orlando*, romance no qual Virginia constrói a fantástica biografia de um personagem que vive por quatro séculos e transita entre os gêneros masculino e feminino. Quando, afinal, Orlando consegue conciliar-se com sua época, sem combatê-la ou a ela se submeter, pode, finalmente, se dedicar a escrever: "... e era o que fazia. Escrevia. Escrevia. Escrevia" (O, 175).

Referências

BLACK, Naomi. *Virginia Woolf as feminist*. New York: Cornell University Press, 2004.

BREWER, Lisa Shaula. *"Thinking is my fighting": Tracing the developing critique of war and violence in the fiction of Virginia Woolf.* PhD Dissertation. Department of English. Graduate School of the University of Oregon, 1999.

WOOLF, Virginia. *Ao farol*. Trad. Tomaz Tadeu. Belo Horizonte: Autêntica, 2013.

WOOLF, Virginia. *A Room of One's Own*. Londres: Penguin Books, 2004.

WOOLF, Virginia. *As mulheres devem chorar... Ou se unir contra a guerra*. Trad. Tomaz Tadeu. Belo Horizonte: Autêntica, 2019.

WOOLF, Virginia. *Moments of Being.* Sussex: The University of Sussex Press, 1976.

WOOLF, Virginia. *Mrs Dalloway.* Trad. Tomaz Tadeu. Belo Horizonte: Autêntica, 2012.

WOOLF, Virginia. *O quarto de Jacob.* Trad. Tomaz Tadeu. Belo Horizonte: Autêntica, 2019.

WOOLF, Virginia. *O tempo passa.* Trad. Tomaz Tadeu. Belo Horizonte: Autêntica, 2013.

WOOLF, Virginia. *Orlando. Uma biografia.* Trad. Tomaz Tadeu. Belo Horizonte: Autêntica, 2016.

WOOLF, Virginia. *Três guinéus.* Trad. Tomaz Tadeu. Belo Horizonte: Autêntica. (No prelo.)

Este livro foi compcsto com tipografia Adobe Garamond Pro e
impresso em papel 90g/m² na Formato Artes Gráficas.